Beate Krisch

Licht für meine Seele!

Beate Krisch, Licht für meine Seele!

Layout: Florian A. Buhl

ISBN Nr. 3-8311-1419-6

1. Auflage: 2001

In eigener Sache

Hier an dieser Stelle möchte ich mich bei Herrn Peter Lehmann aus Niederbobritzsch bei Freiberg, zur Zeit wohnhaft in Polenz dafür bedanken, dass er sein Wort gehalten hat.

Er versprach mir nämlich, im Zeitraum von zwei Tagen, die Natursteinmauer, an der Grundstücksgrenze meiner Freunde Sonja und Uwe fertig zu stellen.

Trotz widriger Umstände (strömender Regen und eisige Kälte) hielt er Wort.

Vorwort

Biographische Erzählungen werden wohl aus höchst unterschiedlichen Beweggründen für ebenso unterschiedliche Zielgruppen von Lesern verfasst. Im Gegensatz zu der kulturellen Notwendigkeit, die lange Geschichte des Lebens prominenter Persönlichkeiten nach ihrem Abschied aus dieser Welt einer neugierigen und interessierten Öffentlichkeit zu hinterlassen, um dergestalt hervorragende Menschen und ihre Leistungen in Ehren literarisch zu verewigen, stellen autobiographische Abhandlungen wohl eher ein Mittel zur Selbsterforschung und Selbsterkenntnis dar. Der Prozess der ehrlichen inneren Auseinandersetzung mit den Eigenarten der eigenen seelischen Beschaffenheit erlaubt es doch, die Höhen und Tiefen der menschlichen Seele zu beleuchten, ihre dunklen Abgründe und Niederungen zu erhellen, ihre Schwächen und Stärken zu identifizieren und ihre Hoffnungen, Neigungen und Leidenschaften bewusst zu machen. Darüber hinaus auch, die Handlungsmuster und Reaktionen zu erkennen, die seit frühester Kindheit in der eigenen Seele wirksam sind.

Selbstbiographische Geschichten ermöglichen es so, die rätselhaft verschlungenen und verflochtenen Stränge von Lebenszusammenhängen zu entwirren, sie auszurichten und intuitiv zu begreifen, indem sie einen Zusammenhang herzustellen vermögen zwischen den gegenwärtigen Gefühlen und den Geschehnissen der Vergangenheit.

Sie verschaffen durch die Bewertung der eigenen Erlebnisse, durch die scharfsinnige und sichere Feststellung von Recht und Ungerechtigkeit dem Verfasser nebst kostbaren Einsichten auch beruhigende Genugtuung.

Wenn Unrecht, und bei dieser Überlegung rechne ich fest mit ungeteilter Zustimmung des geneigten Lesers, schon nicht bekämpft und vergolten und wenn Verletzungen nicht überwunden werden konnten, so können jetzt wenigstens die immer noch verborgenen, unsichtbaren Narben alter Kränkungen zumindest schriftlich sichtbar gemacht, ungehemmt formuliert, beim Namen genannt und rückhaltlos aufgedeckt werden.

Solch autobiographische Schriften sind meiner Meinung nach überdies die geeignetste Form, dem Menschen sowohl als erzählerisches, sowie auch als narrativ begabtes Wesen, gebührende Geltung zu verschaffen. Seine Gefühle, Bedürfnisse und Wünsche, seine Ziele, Begierden und Geheimnisse, auch seine Wehleidigkeit, mit Stolz oder Beschämung ungetrübt auszudrücken und auf gewisse Weise sich selbst in anderer Form neu zu schöpfen. Das konstruktive Nachdenken über die Vergangenheit und die mit ihr verkettete Gegenwart gebiert Wahrheiten, subjektive psychische Wahrheiten freilich, die verborgene Motive erschließen lassen und sie preisgeben, eventuell sogar verletzbar machen, aber auch heilsam wirken können und perspektivische Lösungen zu entwerfen helfen.

Dr. Heinz J. Aubeck

Er

Ein Computer kann nur wiedergeben, was man ihm eingegeben hat, wie er programmiert wurde. Ähnlich verhält es sich bei uns Menschen. Alles, was wir erlebt, was wir erlitten haben, was uns Freude und Leid bereitet hat, das steckt unauslöschlich in uns. Alle Erlebnisse, auch wenn sie noch so scheinbar unbedeutend waren, werden in unserem Bewusstsein gespeichert und entweder positiv oder negativ bewertet.

Das Leben stellt uns immer wieder in Situationen, in denen wir manchmal doch sehr merkwürdig und vielleicht sogar widersprüchlich reagieren. Fragen wir uns dann danach, warum wir uns in einer bestimmten Situation gerade so und nicht anders verhielten, dann erkennen wir, sollte unser Gedächtnis noch zufriedenstellend funktionieren, dass die Ursache hierfür bereits im Säuglings-, Kindes- oder Jugendalter zu suchen ist.

Meine Mutter erzählt immer wieder folgendes Ereignis:

Meine Tochter (das bin ich), habe als kleines Baby jede Nacht geschrien, und zwar so sehr, dass eine Ärztin, die ein Stockwerk über uns wohnte, jedes Mal bei uns klingelt und fragte, „Oh, ist das Kind krank, was fehlt dem Baby denn?" Meine Mutter beschwichtigte sie daraufhin jedes Mal mit der Antwort, „Ach, nein, dem Baby fehlt nichts, das Kind will nur, dass ich es aus dem Bett hole und tröste, aber ich habe sie durchschaut. Ich lasse das Kind schreien, dann hört es von alleine auf."

Seit ich denken kann, hatte ich größte Angst, verlassen zu werden. Noch heute, wenn ich mich vorübergehend, für länger als einen Tag, aus dem Hause begebe, um Urlaub zu machen oder Freunde zu besuchen, leide ich unter schrecklichem Heimweh. Nicht, dass ich an meine Wohnung gebunden wäre, es ist vielmehr die Trennung von Menschen, die mir nahe stehen wie meine Mutter und meine Geschwister, die jenes unheilsame Gefühl in mir auslösen. Ich frage mich, ob es nicht besser gewesen wäre, wenn mich meine Mutter öfter aus dem Bett geholt und geküsst hätte. Vielleicht wäre mir dann dieses nachhaltige kindliche Empfinden von Hilflosigkeit erspart geblieben.

Unter dem gleichem Problem der kindheitsbedingten Ängstlichkeit leide ich in Hinblick auf meine Leistungsfähigkeit, die ebenfalls von einem Gefühl starker Verunsicherung geprägt ist. Immer wieder musste ich damals hören, wie man zu mir sagte „Lass das, dazu bist du zu schwach, lass das, das ist zu schwer für dich!"

Mein ganzes Leben verlangte ich immer mehr von mir als 'das Normale'. Immer und immer wieder will ich mir und der restlichen Welt beweisen, dass ich es kann. dass ich schaffe, was ich mir vorgenommen habe.

Wenn wir zu einem Kind immer wieder sagen „Du bist böse", dann wird es womöglich auch böse. Versuchen Sie deshalb, nur gute Dinge in ihrem Kind zu sehen! Halten sie es im Arm, wenn es ängstlich ist, damit es sich niemals im Stich gelassen fühlt.

Eines Tages setzte ich mich hin und habe versucht, alle Dinge, die in meinem Leben wichtig, schmerzlich oder einfach erfreulich erschienen, aufzuschreiben und bei jedem Kapitel, das ich schrieb, löste sich ein imaginärer Ring, der bis dahin meinen Körper einschnürte, ohne dass mir dies bewusst war.

Es war ein wunderschöner Frühlingstag und es wunderte mich, dass ich dieses wunderbare Frühlingserwachen als schön empfinden konnte, nachdem in letzter Zeit für mich immer öfter der düstere Eindruck entstand, die Welt würde bald untergehen.

Ich begab mich zu einem sehr schön angelegten Park. Ich ging dort spazieren, einfach nur so die Wege dahin, ohne ein bestimmtes Ziel im Auge zu haben. Alleine wollte ich sein, alleine mit mir und meinen trüben Gedanken.
Auf einer Erhöhung inmitten des Parks stehen Bänke und ich setzte mich, um den beruhigenden Anblick der kräftigen Bäume zu genießen.

Ein fremder Mann nahm neben mir Platz. Er überragte mich seiner Körpergröße nach um etwa einen Kopf und in seinen tiefblauen, ausdrucksstarken und geheimnisvoll leuchtenden Augen, spiegelte sich ein unbeschreiblicher Glanz, der Verständnis und Zuneigung ausdrückte.

Verwunderlich, seine Anwesenheit schien mich nicht im Geringsten zu stören. Es erschien mir sogar nahezu selbstverständlich, dass er da war und neben mir saß. Ebenso selbstverständlich kam es mir vor, dass er mich beim Namen nannte und mich fragte, warum ich so unglücklich sei.

Unglücklich? Ich war mir unschlüssig, ob dies das richtige Wort war. Ich hatte das Gefühl,

mein innerer Tank sei leer, ich fühlte mich aus-
gelaugt und erschöpft. Er fragte mich, ob es
nicht möglich sei, dass die vielen Menschen, die
in meinem Leben eine wichtige Rolle spielten,
den Tank meiner inneren Kräfte geleert hätten.
Ja, ich glaube, er hatte recht, so war es. Er bat
mich schließlich, ihm die Dinge zu erzählen, die
mich so viel Kraft gekostet hatten und mich
auszehrten. Zögerlich begann ich, mich ihm
anzuvertrauen.

Vater

Mein ganzes Leben lang hatte ich irgendwie das Gefühl, nicht um meiner selbst Willen geliebt zu werden. Es war immer in mir, mehr als alle anderen kämpfen zu müssen, mich mehr als andere anstrengen zu müssen, um geliebt zu werden. Ganz selbstverständlich war es, dass ich im Haushalt half, meiner Mutter in ihren verschiedenen Dienststellen zur Hand ging, und es war mir immer wichtig, brav, folgsam und willig zu sein.

Wir waren vier Kinder, und es dürfte klar sein, dass dies keine leichte Aufgabe war für meine Eltern. Egal ob in finanzieller Hinsicht oder in Bezug auf ihre mentale und nervliche Belastung.

Mein Bruder ist drei Jahre älter als ich, und ich glaube, die Tatsache, dass er ein Vertreter des männlichen Geschlechtes ist, hat es ihm in dieser Familiensituation auch nicht leicht gemacht.
Ich bin das älteste von drei Mädchen und musste mir alles, was ich mir wünschte, immer hart erkämpfen. Vater war streng aber auch gerecht. Es verblieb ihm nur wenig Freizeit, diese verbrachte er aber, wenn möglich, immer mit seinen Kindern.

Sehr früh bereits wurden wir ins Fußballstadion, zum Stammtisch, oder wohin auch immer, mitgenommen. Ich erinnere mich, dass er einmal einen Vatertagsausflug geplant hatte und ich ihm so lange in den Ohren lag, bis er mich mitnahm. Wiederholt erklärte er mir, es handle sich um eine Wanderung und ich sei den Strapazen nicht gewachsen. Egal, ich wollte mit und er nahm mich mit. Vater hatte wie so oft recht behalten. Nach kürzester Zeit konnte ich nicht mehr gehen und sein gesamter Vatertagsverein wechselte sich darin ab, mich zu tragen. Vielleicht war die Ehe meiner Eltern nicht unter einem sehr glücklichen Stern geschlossen worden, denn ich erinnere mich, wie die beiden in häufige Streitigkeiten verwickelt waren. Dennoch kurz bevor mein Vater starb, offenbarte er mir, wie er meiner Mutter dankbar sei für alles was sie für ihn getan habe.

Irgendwann in der Zeit, in der auch ich mit Liebeskummer zu kämpfen hatte, machte er ein – für mich bis heute nicht übertroffenes – Geständnis. Er erklärte mir, dass mein damaliger Freund, mit dem ich so meine Probleme hatte, für mich nicht gut sei. Vater meinte, mein Freund hätte zu viel Ähnlichkeit mit ihm, und das wäre für keine Frau gut.

Tatsächlich war der Dickschädel meines Vaters unübertroffen. Ich hatte auch bei ihm immer das Gefühl, ich müsse mehr geben als mir möglich ist, um in seinen Augen bestehen zu können. Es kann gut sein, dass gerade aus diesem Grund meine Arbeitgeber die größte Freude an mir hatten und immer noch haben.

Mein Vater war Diabetiker. Er war ungefähr Mitte vierzig, als diese böse Krankheit in unser Leben kam. Böse ist und bleibt diese Krankheit auf jeden Fall deshalb, weil sie nicht unbedingt schrecklich schmerzhaft oder anfänglich besonders leidvoll ist. Nein, sie ist da, ganz unauffällig und hinterhältig.

Jeder Arzt wird grundsätzlich raten, vorsichtig zu sein. Er wird dir raten, deine Diät einzuhalten. Aber wir Menschen sind einfach strukturiert. Hast du Schmerzen, dann wirst du alles tun, damit diese wieder vergehen. Aber spürst du nichts, dann fehlt dir nichts. Nach diesem Motto lebte mein Vater. Mageres Fleisch hat keinen Geschmack, also musste sein Fleisch durchwachsen sein. Süßigkeiten nicht immer, aber immer öfter.

Als er Jahre vor seinem Tod eine Nierenoperation über sich ergehen lassen musste, riet ihm der behandelnde Urologe „ein bis zwei Weizenbiere am Tag und die Nieren sind gründlich gespült." Diesen Rat befolgte mein Vater natürlich.

Die Spätfolgen der Diabetes sind katastrophal. Bei meinem Vater fing es damit an, dass er sich genötigt sah, einen Augenarzt aufzusuchen. Er hatte das Gefühl, seine Sehkraft habe nachgelassen. Der Augenarzt ließ ihn wissen, es wäre für ihn besser, er ginge in die Augenklinik. In der Augenklinik war man der Meinung, es handele sich um Ödeme hinter den Augen, diese drückten auf den Sehnerv und deshalb sei die

Sehkraft gemindert. Außerdem löse sich die Netzhaut. Dies sei aber kein Problem, man könne eine Netzhautablösung durch Laserstrahlen verhindern. Das wurde auch getan. Danach bekam mein Vater Augentropfen verordnet, die er einmal täglich in die Augen träufeln musste. Neben der Tatsache, dass die Augentropfen – für meinen bestimmt nicht wehleidigen Vater – nur unter großen Schmerzen zu verabreichen waren, nützten sie überhaupt nichts.

Als seine Sehkraft noch mehr nachließ, ging meine Schwester mit meinem Vater zu einem ortsansässigen Augenarzt, von dem wir viel Gutes gehört hatten. Niemals werde ich diesen Tag vergessen. Meine damalige Arbeitsstätte lag auf dem Weg zwischen der Praxis des Augenarztes und der Wohnung meiner Eltern. Meine Schwester Gabi hatte für die Zeit, während der sie mit Vater beim Augenarzt verweilte, ihre Kinder bei mir in Obhut gegeben.

Als sie nun mit ihm vom Arzt zurück kam, traf mich ihre Mitteilung wie ein Schlag: Vater würde blind werden. Es sei nicht klar in welchem Zeitraum, aber dass er sein Augenlicht verlieren würde, sei endgültig. Um seine Worte zu unterstreichen, versicherte der Arzt, dass ein jeder, der etwas anderes behauptet, lügen würde. Das, was nun folgte, war ein totaler, psychischer Zusammenbruch meines Vaters. Vielleicht konnten dies nicht alle Familienangehörigen, Bekannten und Freunde erkennen. Für mich war es beinahe wie ein körperlicher

Schmerz, das Leid meines Vaters wahr zu nehmen.

Mein Vater und ich gingen damals viel spazieren. Er war ein sehr naturverbundener Mensch. Es herrschte zwischen uns plötzlich eine sehr innige Vertrautheit, die uns bis dahin eigentlich gar nicht bewusst war. Meine Schwestern waren zu dieser Zeit ebenfalls ständig für ihn da. Vor allem seine Enkelkinder waren ihm in dieser Zeit ein großer Trost.

Mein Mann und ich hatten einen verdienten Urlaub gebucht und dieser sollte nun angetreten werden. Es fiel mir schwer, Vater zurückzulassen, obwohl Mutter und meine Schwestern ständig in seiner Nähe waren.

Am Abend vor der Abreise besuchte ich meine Eltern und verabschiedete mich von ihnen. Vater nahm mich in den Arm und bat mich, wieder gesund heim zu kommen. Es war ein seltsamer Abschied und es fiel mir schwer, fort zu gehen. Am nächsten Morgen, am Stuttgarter Flughafen, überkam mich plötzlich eine heftige Panik. Ich erklärte daher meinem Mann nachdrücklich, dass ich nicht fortfliegen möchte.

Mein Mann versuchte natürlich, mich zu beruhigen, aber es half nichts. Ich musste mich übergeben und mir war, als ob ich sterben müsste. Ungefähr zu dieser Zeit stellte meine Schwester zu Hause fest, dass mit Vater etwas nicht in Ordnung war. Als sie in die Wohnung kam, fand sie unseren Vater in seinem Sessel sitzend, und ein Blick genügte, um festzustellen, dass er einen Schlaganfall erlitten hatte.

Papa kam ins Krankenhaus. Er hat sein ganzes Leben nichts mehr gehasst als Krankenhäuser. Es war ein Glück, dass wir alle zu diesem Zeitpunkt nicht wussten, dass dies erst der Beginn eines langen Leidensweges meines Vaters sein sollte.

Selbstverständlich liebten auch meine Geschwister unseren Vater sehr, doch ich glaube dadurch, dass mein Mann und ich keine Kinder haben, war meine Liebe ungeteilter. Für mein Dafürhalten war Vater die letzten fünf Jahre seines Lebens wie mein Kind. Er schien hilflos, liebebedürftig und es war mir nicht möglich, mich längere Zeit von ihm zu entfernen.

Es ist wohl unvermeidbar, dass man sich rückschauend viele Vorwürfe macht. Wir hatten in unserer Angst um ihn etwas getan, was wir später sehr bereut haben.

Ein Arzt in unserer Stadt war dafür bekannt, dass er, wenn möglich, vorrangig von Naturheilkunde Gebrauch macht. Da mein Vater seit seinem Schlaganfall ungefähr vierzehn Tabletten täglich zu sich nehmen musste, dachte ich mir, es wäre für seine Gesundheit bestimmt vorteilhafter, zu diesem besagten Arzt zu gehen und eine geeignete Behandlungsalternative mit natürlichen Heilmitteln zu finden, die keine schlimmen Nebenwirkungen nach sich ziehen.

Meine Schwester Gabi ging mit ihm zum Arzt. Ich kam gegen Mittag nach Hause und meine Schwester erzählte mir, eine Ultraschalluntersuchung bei meinem Vater habe ergeben, dass sich seine Blase nicht entleert. Er müsse nach dem Mittagessen zur Kontrolle in die urologische Universitätsklinik der Stadt.

Wir brachten ihn also in die Klinik. Der Arzt kam und bestand ohne Untersuchung darauf, dass unser Vater dort bleiben müsse und sein Zustand es erfordere, ihn durch die Bauchdecke zu katheterisieren. Vater bat uns verzweifelt, diese Prozedur bei ihm nicht zuzulassen. Er wolle lieber wieder mit uns nach Hause zurück fahren. Doch wir haben nicht auf ihn gehört. Wir vertrauten den Ärzten und konnten die Verantwortung für die eventuellen Folgen nicht übernehmen, würden wir Vater ihrer Behandlung entziehen.

Mittags stieg mein Vater ohne Hilfe aus dem Auto und betrat die Uniklinik, abends war er ein lebender Toter und dieser Zustand, er wusste nicht mehr wo rechts und links oder wo oben und unten war, hielt die ihm verbleibenden vier Jahre an. Im Krankenhaus wurde der Katheder durch seine Bauchdecke gestochen, und dabei wurde bei Vater ein Blutgefäß verletzt. Verzweifelt rief ich diesen dubiosen Wunderdoktor an, dem wir die Einweisung meines Vaters in diese Klinik verdankten und bat ihn weinend um Hilfe. Doch dieser belehrte mich nur, ich solle mich doch nicht so an meinen Vater klammern, ich hätte schließlich einen

Ehemann und ich müsse eben lernen, dass Eltern nicht ewig bei uns bleiben können. Oh, wie menschlich und einfühlsam er war und schließlich musste ich zugeben, dass Vater mit seinen damals 62 Jahren ja auch wirklich schon sehr betagt war. Er blutete tagelang weiter. Als das Bluten endlich aufhörte, bestanden wir darauf, dass Vater aus der Klinik entlassen wird, doch die anwesenden Ärzte erklärten mir unumwunden, jetzt erst mit der Therapie beginnen zu wollen. Daraufhin rastete ich im Krankenhausflur aus. Ich beschimpfe die Ärzte hemmungslos und warf ihnen vor, dass sie bereits genug Unheil angerichtet hätten und dass eines sicher sei, in dieser Klinik fasse ihn keiner mehr an.

Auf dem Entlassungsschreibung, das die Klinik meinem Vater aushändigte, stand geschrieben „Der Patient wird trotz unserer Erklärung, es handele sich um eine Prostatavergrößerung die eventuell auch bösartig sein könnte, von seiner Familie gegen unser Gutheißen aus der Klinik verbracht". Wir konsultierten anschließend einen ortsansässigen Urologen, der nach eingehenden Untersuchungen feststellte, dass die Prostata absolut normal sei und auch sonst keine Anzeichen für irgend ein Problem bestünden. Auf unsere Frage, was dann den Blasenstau bewirkt hatte, erklärte er, dies sei bei Diabetikern ein häufiges Problem, das sich aber immer wieder von selbst erledigt.

Ein paar Wochen später erfuhr ich, dass der Arzt, der meinen Vater eingewiesen und der mich damit vertröstet hatte, ich müsse mich von meinem Vater lösen, eben seinen Vater, der schon über 80 Jahre alt war, verloren hatte. Vor Trauer und Kummer war er nicht mehr in der Lage, seine Praxis weiterzuführen. Spontan kam mir der Gedanke, ihn anzurufen, in den Sinn. Ganz kurz überlegte ich, ihm zu erklären er müsse sich zusammenreißen um sich von diesen unschönen Erfahrungen zu lösen. Vorübergehend ging mir die Absicht durch den Kopf, ihn anzuschreien und ihn zu fragen „Na geht's dir gut? Gelten deine Belehrungen für dich selbst nicht? Das ist die Strafe für deine Unmenschlichkeit!" Ich habe es aber nicht getan, weil ich kein gefühlsarmer Unmensch bin.

Von nun an gestaltete sich das Leben zunehmend schwerer für meine Mutter. 24 Stunden Aufsicht über meinen Vater, denn er besaß kein Gefühl mehr für die Zeit, konnte nicht entscheiden, ob es nach Mitternacht oder schon frühmorgens war. So geschah es öfters, dass er meine Mutter mitten in der Nacht aufforderte, doch endlich das Frühstück zu bereiten, oder er rief nach ihr und fragte, wie lange er denn noch im Bett liegen bleiben müsse.

Meine Mutter schien oft ungeduldig mit ihm zu sein. Jedoch musste ich erkennen, dass wir für die Lage unserer Mutter ziemlich wenig Verständnis hatten. Wir litten mit meinem Vater, konnten aber dennoch ruhig in unserem Bett liegen und friedlich schlafen. Dies konnte unsere Mutter nicht. Sie bewältigte mit erstaunlicher Kraft einen 24 Stunden Job und dieser dauerte nun bereits einige Jahre. Für sie gab es keinen Feierabend, kein Wochenende und keinen Erholungsurlaub. Hinzu kam, dass mein Vater durch seine Blindheit und Hilflosigkeit völlig von Mutter abhängig war. Wenn sie sich zwecks notwendiger Besorgungen außer Haus begab und ich währenddessen bei ihm am Bett saß, fragte er mindestens ein Dutzend Mal nach ihr. Heute hoffe ich, dass mir Mutter meine Ungeduld mit ihr verzeihen kann.

Vater erholte sich nicht mehr. Im Gegenteil, er verfiel körperlich und seelisch zusehends. Erschwerend zu dieser Situation kam hinzu, dass ihm sein Hausarzt etwa vierzehn Tabletten täglich verordnet hatte. Immer wieder fragten wir bei diesem Arzt nach, ob es denn unbedingt nötig sei, ihm so viele Medikamente zu verordnen. Ich möchte den Herrn Dr. E. nicht verurteilen, denn eigentlich hatte ich das Gefühl, er schätze meinen Vater und hatte ihn sehr gerne. Jedoch bestand er darauf, dass mein Vater die Einnahme der vielen verschriebenen Pillen auf keinen Fall unterlasse.

Leider zu spät wechselten wir den Arzt. Prof. Dr. H. machte uns klar, dass sich die Wirkung einiger der verordneten Arzneien gegenseitig wieder aufheben würde. Dann bekamen wir schließlich die schreckliche Nachricht, Vater müsse an die Dialyse. Seine Nieren arbeiteten nicht mehr ordentlich. Diese Mitteilung schien Papa nun auch noch den letzten Lebenswillen zu nehmen.

Im Juni des selben Jahres erlitt er einen Herzinfarkt. Wir wissen nicht genau wann, denn er hat uns kein Wort davon erzählt. Er muss schreckliche Schmerzen ausgestanden haben, aber er sagte nichts, aus Angst er würde wahrscheinlich wieder in ein Krankenhaus eingewiesen werden, was für ihn eine entsetzliche Vorstellung war. Als bei ihm eine beginnende Lungenentzündung sein körperliches Befinden zusätzlich verschlechterte, ließ sich der bedenkliche Krankheitszustand meines Vaters nicht länger verheimlichen. Meine Schwester rief sofort unseren Hausarzt an und der erkannte bereits am Telefon aufgrund ihrer Symptombeschreibung, um welches Krankheitsbild es sich handelte.

Er empfahl uns, umgehend den Notarzt zu verständigen. Vater wurde ins Krankenhaus gebracht und auf die Intensivstation verlegt. Er bettelte immer wieder, wir mögen ihn doch wieder nach Hause mitnehmen. Aber das war unmöglich. Am zehnten Tag wurde er von der Intensivstation ins Dialysezimmer verlegt.

Nach der Dialyse ging meine Mutter nach Hause, um ihm seine Sachen zu holen. Als Mutter fort war, sagte er der Dialyseassistentin, er sei müde und er wolle schlafen. Sie sagte „Ja selbstverständlich, schlafen sie ruhig, ich bin ja da". Daraufhin machte Vater einen tiefen Atemzug und verstarb.

Während der ganzen Zeit, in der ich dem fremden Mann neben mir auf der Bank meine Geschichte erzählte, sagte er kein einziges Wort zu mir. Erst als ich mich ausgeweint hatte, wandte er sich mir zu und meinte, er wisse, dass ich ein Mensch sei, der sich sehr viele Gedanken über das Leben mache. Dann forderte er mich auf, dass ich ihm weiter von mir erzähle, besonders, davon, welche Gedanken mir zum Tod meines Vaters in den Sinn kommen und ich begann automatisch zu sprechen. Ich glaube, dass wir Menschen nur auf dieser Welt leben, um den Sinn des Lebens zu begreifen.

Ich glaube, jede Situation, Tod, Geburt, Krankheit, Freude, Glück und alles, was wir erleben, ist dazu da, um zu lernen. Es war mir klar, dass ich nicht um meinen Vater weinte, denn er wurde mit dem Tod erlöst. Dort, wo immer er jetzt ist, herrschen unendliches Licht und Wärme. Dort ist er nicht mehr blind. Dort sieht er, ohne Schmerzen und ohne die Angst, wieder in ein Krankenhaus eingeliefert zu werden.

Aufgrund meiner katholischen Erziehung, hatte ich von klein auf Angst, nach meinem Tod einmal in die Hölle zu kommen, aber an dieses Schreckgespenst glaube ich heute als erwachsene Frau nicht mehr. Ich denke, die katholische Kirche möchte mit dieser Drohung nur ihre Schafe geduldig bei der Stange halten. Ich glaube dagegen, dass wir unsere Hölle bereits auf Erden durchleben. Wir sind hier um zu lernen und bist zu nicht willig, so lernst du mit Gewalt.

Aus dem Tod meines Vaters habe ich gelernt, dass wir egoistisch sind ohne Ende. Er hatte schon lange Zeit keine Freude mehr am Leben. Warum wünschen wir uns von anderen aber trotzdem, dass sie weiterleben sollen? Weil wir nur an uns denken. Wir wollen nichts hergeben! Es gibt ein Gleichnis in der Bibel, das ich erst jetzt richtig verstehe, nämlich die Aussage: „Eher geht ein Kamel durch ein Nadelöhr, als dass ein Reicher in den Himmel kommt". Das ist logisch, denn die, die in diesem Leben viel besitzen, denen Reichtümer, Geld, Macht und Statussymbole wichtig sind, können sich schlecht davon trennen, weil sie nichts hergeben wollen.

Wir müssen begreifen, dass wir nicht auf dieser Erde leben, damit jeder für sich seine Kammern vollschaufelt und nur an sich denkt. Wir müssen lernen, uns nicht an andere Menschen und an Besitztümer zu klammern.

Die letzten Jahre meines Vaters, waren absolut intensive Jahre für mich und ich habe die Erfahrung gemacht, dass wir bei allen Schwierigkeiten, die uns belasten, immer von irgend woher Hilfe bekommen. Auch wenn diese Hilfe nicht die ist, nach der wir uns sehnen.

El Shaddai

Als mein Vater in der Intensivstation lag, erzählte mir eine Kollegin, dass sich zweimal im Monat regelmäßig philippinische Frauen im katholischen Gemeindehaus treffen, die den Menschen, die bei Gott, oder wie diese Frauen sagen, bei EL SHADDAI, um Hilfe bitten, beim Beten helfen.

Selbstverständlich ging ich dorthin. Die asiatischen Frauen dort setzten mich in ihre Mitte und baten mich, nunmehr ganz intensiv an meine Bitte zu denken. Natürlich dachte ich ganz intensiv „Lieber Gott bitte lass meinen Vater nicht sterben!" Die Frauen beteten für mich und nachdem das Gebet beendet war, verteilten sie sich im Raum.

Ich saß voller Hoffnung auf meinem Stuhl, da kam eine dieser Frauen zu mir, setzte sich neben mich und begann zu erzählen. Sie wisse genau, wie ich mich fühle, denn ihr Mann habe vor kurzem genau das Gleiche durchlebt. Seine Mutter war schwer erkrankt. Sie lebte mit ihm im gleichen Haus und musste den ganzen Tag pausenlos versorgt werden. Weder ihr noch ihrem Mann wurde diese Mühe mit ihm jemals zu viel. Im Gegenteil, die Mutter war sehr liebenswert und deshalb baten sie beide „Lieber Gott, lass die Mutter leben!"

Sie ging zu EL SHADDAI und betete dort mit den anderen gläubigen Frauen. Diese gaben ihr ein Tuch, auf den ein Psalm gedruckt war, mit. Sie sollte dieses Tuch der Mutter auf den Bauch legen und beten.

Dies tat sie auch. Auf einmal jedoch erkannte sie intuitiv, die Mutter ihres Mannes wird nicht viel länger leben. Sie muss bestimmt bald sterben. Nachdem ihr dies bewusst war, legte sie der Mutter das Tuch auf und bat im Gebet," EL SHADDAI, wenn Mutter uns schon verlassen muss, dann hilf uns, dass sie schnell und sanft sterben kann." Zwei Tage später wachte die Mutter aus dem Schlaf nicht mehr auf.

Als die Frau ihre Geschichte beendet hatte, war ich wütend geworden. Warum erzählte sie mir wohl so einen Quatsch. Das interessierte mich doch nicht. Mein Vater wird leben und damit basta. Ich ging mit meinem geschenkten Psalmtuch nach Hause und konnte den nächsten Tag und das Wunder, das hoffentlich geschehen würde, kaum erwarten.

Am nächsten Tag ging ich bereits sehr früh in das Krankenhaus. Mein Vater war sehr müde und schlief gleich nach meiner Begrüßung ein. Ich legte ihm das Tuch auf den Bauch und betete in meinen Gedanken darum, er möge wieder gesund werden. Plötzlich begann mein Vater sehr schwer zu atmen. Ich glaubte er müsse ersticken, so sehr hob und senkte sich sein Brustkorb. Es war, als läge eine schwere Last auf ihm. Ich nahm daher das Tuch von ihm wieder ab und sogleich atmete er wieder normal. Als ich etwas später noch einmal den gleichen Versuch unternahm, beobachtete ich diesen Vorgang wieder.

Ich blieb noch bei ihm und ging dann nach Hause. Es ließ mir einfach keine Ruhe. Wie war es wohl möglich, dass ein ungefähr zehn Gramm leichtes Tuch eine solche Last für die Brust meines Vaters zu sein schien.

Am Montag begab ich mich erneut in die Klinik, um Vater zu besuchen. Wieder legte ich ihm unauffällig das Tuch auf die Brust und es wiederholte sich dasselbe Phänomen wie am Vortag.
Allmählich begriff ich, dass Vater nicht mehr lange leben würde. Seine Lebenskraft ging zu Ende. Wieder legte ich ihm das Tuch auf und betete im Stillen „Lieber Gott, wenn mein Vater sterben muss, dann lass es bitte schnell und sanft geschehen." Vater bemerkte das Tuch diesmal nicht und atmete ruhig weiter.
An diesem Tag, obwohl er ständig schlief, wollte Vater offenbar nicht, dass ich mich von ihm entferne, denn, gerade als ich im Begriff war, zu gehen, meinte er, ich sei doch eben erst gekommen. „Ich bleibe", sagte ich und er schlief wieder ein.

Ungefähr zehn Minuten später schreckte mein Vater hoch und schrie meinen Namen. „Papa ich bin doch da", tröstete ich ihn. „Oh, das ist gut", entgegnete er voller Erleichterung.

Kurz darauf wurde ich vom Pflegepersonal aufgefordert, das Krankenzimmer zu verlassen. So verabschiedete mich von meinem Vater. Es war das letzte Mal. Am nächsten Tag, um die Mittagszeit, starb er sanft und friedlich. Danke Gott, EL SHADDAI, oder wie auch immer wir dich nennen.

„Das Eine habe ich gelernt", schloss ich meine Erzählung, wir wissen nicht, was gut und recht ist. Der Tod kann auch gut sein, wir müssen ihn nur akzeptieren lernen.

Der fremde Freund forderte mich auf, an eine Zeit zu denken, in der ich mit meinem Vater glücklich war.

Schöne Gedanken

Es war in Italien. Mein Vater und ich saßen am Strand und ich dachte, wie furchtbar es wohl sein musste, das Meer, den Himmel, den Strand und die Menschen nicht sehen zu können.

Irgendwie wollte ich meinem Vater seine Sehkraft ersetzen und so erzählte ich ihm alles was ich sah. „Etwas rechts vor uns haben wir ein Ehepaar mit einem zehnjährigen Jungen. Die Ehefrau rollt immer ihren Badeanzug nach unten, damit sie sich oben ohne sonnen kann und der Ehemann muss in der Zeit, in der die Mutter sich genüsslich sonnt, mit ihrem Sohn spielen. Ich glaube, er ist nicht begeistert davon, bei dieser unmenschlichen Hitze, über 35 Grad im Schatten, mit seinem Sohn Federball zu spielen."

Am nächsten Tag als wir zum Strand kamen, fragte mich mein Vater, ob die Eheleute mit ihrem Sohn wieder da seien. „Ja, diesmal liegen sie etwas mehr links. Oh, der Vater baut mit seinem Sohn heute eine Sandburg", versuchte ich meinen Vater zu ermuntern.

Einen Tag später, als wir wieder zum Strand kamen, setzte sich mein Vater in seinen Sonnenstuhl, sah nach links und rechts und schien sich zu konzentrieren. Seine Welt erlebte er mit dem Gehör. Plötzlich sah er auf „unsere Familie" und fragte mich „sind das die netten

Italiener mit dem Kind?" Als ich die Frage bejahte, freute er sich. In diesem Augenblick blickten diese Leute zu uns herüber und winkten uns zu. „Papa, sie winken." Mein Vater und ich winkten zurück. Für diesen Moment war mein Vater nicht blind. Ich las ihm täglich die Zeitung vor. Von Anfang bis zum Ende und nicht, ohne alles zu kommentieren. Damals stand in der Zeitung, dass Fergie sich von ihrem Freund an den Zehen nuckeln ließ. Sehr zur Erheiterung meines Vaters, denn als wir vom Strand zurückkamen, bot er meiner Mutter den ganzen Tag an, ihr auch an den Zehen zu nuckeln.

Es war ein wundervoller Urlaub. Sehr harmonisch und ich glaube, es war das letzte Mal, dass wir zusammen so glücklich waren.

Trotzdem es mich mit Freude erfüllt, an diesen Urlaub zu denken, muss ich wieder weinen. Vater du fehlst mir so. Ich höre dich sagen „Reiss dich endlich zusammen, du kannst nicht ewig um mich trauern, jetzt reicht es!"

Inzwischen war es Abend geworden. „Ich muss gehen!" sagte ich. Der mir inzwischen gar nicht mehr so fremde Mann stand mit mir auf und meinte, es wäre gut, wenn ich den Verlauf unseres Gespräches aufschreiben würde und so begann ich zu schreiben. Zwei Tage später zog es mich wieder dorthin, in den Park. Kaum saß ich auf der Bank, war auch er wieder da. Er lächelte mir zu und bat mich, ihm weiter zu erzählen, was mir noch auf dem Herzen lag.

Kinder

Für mich war es immer der größte Wunsch, eigene Kinder zu haben. Das, was ich wusste und das, was ich in und aus meinem Leben gelernt hatte, wollte ich weitergeben. Ebenso wollte ich wahrscheinlich auch in meinen Kindern weiterleben. Das ewige Leben?

Wir haben alles, was medizinisch und ethisch möglich war, versucht, um unseren Kinderwunsch zu verwirklichen. Es war nicht möglich. Unsere Ehe blieb ohne Nachwuchs. Unser Umfeld bewies in dieser für uns harten Zeit unendlich viel Taktgefühl, wie in etwa ein „Handballfreund" meines Mannes „Na, wenn du es nicht fertig bringst, deiner Frau ein Kind zu machen, vielleicht sollte ich dann einmal aushelfen, ha, ha, oder sonstige Onkels und Tanten, Nachbarn oder Bekannte. Na warum habt ihr beiden denn immer noch keine Kinder, ihr müsst euch ranhalten, ihr seit nicht mehr die „Jüngsten" und so weiter und so fort. Heute, wenn ich zurückschaue, dann denke ich, es war gut, dass wir keine Kinder haben. Mitten in der Zeit, in der wir mit ärztlicher Hilfe an einem Kind „gebastelt" haben, wurde ich krank. Ich wurde inkomplett querschnittsgelähmt ins Krankenhaus eingeliefert. Zwei Operationen, drei Monate Krankenhaus und anschließend zur Rehabilitation nach Hannover.
Wäre ich zu diesem Zeitpunkt schwanger gewesen, hätte man mir mein Kind nehmen müssen, wäre es nicht schon zuvor in meinem Bauch

gestorben. Ich glaube zu wissen, dass es leichter ist, nie ein Kind zu haben, als ein bereits heranwachsendes Kind während der Schwangerschaft zu verlieren. Im nachhinein weiß ich außerdem auch, dass ich, hätte ich ein Kind bekommen, für meinen Vater nicht so viel Zeit gehabt hätte. Meine sensible Seele, hätte den Konflikt Vater oder Kind wahrscheinlich nur schwer verkraftet. So aber wurde ich glücklicherweise nicht vor diese schwere Entscheidung gestellt.

Andererseits muss ich heute aufrichtig bekennen, meinem Mann und meinen Schwiegereltern hätte ich von Herzen ein Kind bzw. Enkelkind gewünscht. Der unerfüllt gebliebene Wunsch dieser drei Menschen belastet mich momentan mehr als mein eigener Wunsch nach einem Kind.

Eigentlich hat mich damals die Rücksichtnahme auf meinen Mann auch vor Schlimmerem bewahrt. Unsere Kinderlosigkeit lag nachweislich an uns beiden. Zuerst wurden uns Hormone verabreicht, dann ließ ich mir die Eileiter durchblasen. Danach wurde meinem Mann eine Krampfader verödet. Wir unternahmen mehrere Monate alles nur erdenklich Mögliche. Jedoch zeigte mir jeden Monat die Natur, dass dies alles umsonst war. Jedes Mal, wenn meine Periode wieder einsetzte, lag ich auf dem Boden und weinte mich beinahe zu Tode. Über drei Jahre hinweg wiederholte sich dieses monatliche Schauspiel.

Doch eines Tages, als ich vom Weinen aufblickte, sah ich in das Gesicht meines Mannes, und es war mir, als blickte ich in die Hölle. Er konnte nicht weinen, er konnte nicht schreien „Warum?" Er war noch nach diesem Idiotenkodex erzogen worden, der aussagt, Männer weinen nicht, Männer klagen nicht und Männer müssen immer stark sein! Aber ich sah in seinem Gesicht diesen übergroßen Schmerz.

Ich sah, dass er es nicht ertragen konnte, mich so leiden zu sehen und ich erkannte, dass ich mit meiner „um jeden Preis ein Kind" Parole unser beider Leben zerstörte.

Am nächsten Tag erklärte ich meinem Mann ganz ruhig und aus voller Überzeugung „Wir werden nichts mehr unternehmen, um ein Kind zu bekommen, denn wenn es nicht sein soll, dann können wir auch ohne Kind leben."

Ich muss sagen, dass es manche Dinge gab, die mich von anderen vom Kinderwunsch besessenen Frauen unterscheidet. Ich war niemals auf eine schwangere Frau neidisch, ich habe nie geklagt, warum die und nicht ich und es hat mir niemals etwas ausgemacht, wenn man mir die frohe Botschaft „Ich bekomme ein Kind" verkündet hat. Ich habe mich immer von Herzen gefreut, wenn ich glückliche Eltern traf und habe immer monatelang mitgefiebert und dafür gebetet, dass ein gesundes Kind zur Welt kommen soll.

Vielleicht ist es einfacher, Schicksalsschläge zu ertragen, wenn man Kinder hat, die versorgt werden müssen. Es ist auch möglich, dass man den Sinn zum Weiterleben in seinen Kindern findet. Eltern haben immer neue Ziele vor Augen. Kind in den Kindergarten, das Kind kommt in die Schule, die Kirchenfeste wie die Kommunion oder Konfirmation und die jährlichen Schulabschlüsse, später dann die Berufswünsche und immer so weiter.

Als ich nicht weiter sprach, sah mich mein Freund an und fragte, ob ich auch daraus etwas für mich gelernt habe. Ja, antwortete ich ihm, „das Wichtigste ist es, zu lernen, dass wir es akzeptieren, wenn wir viele Dinge nicht haben können und dass alles, was geschieht, einen Sinn und Zweck erfüllt." Als ich erkannte, dass mein Mann und ich nicht mehr lebten, sondern nur noch hinter einem Phantom herjagten und dass wir beide früher oder später daran zerbrechen werden, da habe ich es angenommen, mein Schicksal und im nächsten Augenblick war der Schmerz nicht mehr so stark.

Miriam

Nachdem es klar war, dass ich keine Kinder mehr bekommen werde, bedauerte ich, niemals bei einer Geburt dabei gewesen zu sein.

Mein Bruder hatte zwei Mädchen, meine beiden Schwestern je ein Mädchen und einen Sohn und die Familienplanung war damit abgeschlossen. Eine meiner Schwestern, Gabi, wurde jedoch unerwartet wieder schwanger. Es war für mich sehr schwer, da meine Schwester, nachdem die Familienplanung abgeschlossen war, immer wieder betont hatte, auf keinen Fall mehr ein Kind zu wollen. Während ihrer Schwangerschaft gingen mir deshalb viele Gedanken durch den Kopf. Ist es denn nicht so, dass wir für alles Böse, und seien es auch nur schlechte Gedanken, bestraft werden? Und beeinflussen in gleicher Weise nicht auch positive Gedanken unser Schicksal?

Ungewolltes Kind, hoffentlich kommst du gesund zur Welt, wünschte ich diesem ungeborenen, neuen Wesen in meinen Herzen. Gabi brauchte dagegen nur ein paar Tage, um sich an die Vorstellung zu gewöhnen, wieder ein Kind zur Welt zu bringen. Dann freute sie sich auf ihr Baby.

Die Zeit verging und zwei Wochen vor dem errechneten Geburtstermin rief meine Schwester an und fragte mich, ob wir uns auf halben Weg zum Krankenhaus treffen könnten, denn sie sei der Meinung, das Baby wolle schon kommen. Wir trafen uns und eilten in die Klinik. Eine Untersuchung am Wehenschreiber ergab, dass die Vermutung meiner Schwester richtig war. Die Hebamme riet uns, den werdenden Vater zu informieren. Mein Schwager kam dann auch umgehend. Wir standen im Kreissaal, Gabi, mein Schwager und ich.

Meine Schwester informierte mich, wann ihre anderen zwei Kinder aus der Schule kamen, wohin sie dann anschließend gebracht werden müssen und wies mich an, was ich den beiden zum Essen machen sollte.

Inmitten dieser Ausführungen stöhnte meine Schwester auf einmal laut. Ich deutete dies als sicheres Zeichen, dass sich das Kind anmeldet und lief zum angrenzenden Zimmer, in dem die Hebamme wartete.„Könnten sie bitte kommen, irgend etwas stimmt nicht, glaube ich!"

Die Hebamme kam und erklärte meiner Schwester, sie wolle den Wehenschreiber noch einmal anschließen. Sie hantierte am Apparat, dann sah sie meine Schwester an, und schlug vor „wir ziehen doch besser den Schlüpfer aus, dann können wir die Elektroden besser anschließen." Meine Schwester gab wieder undefinierbare Laute von sich. Der Ehrlichkeit halber muss ich zugeben, so hört es sich an, wenn ich beim Zahnarzt bin. Tapfere Schwester, irgendwie schien sie zu ahnen, dass das Kind nicht mehr lange Zeit auf sich warten lassen würde.

Sie fragte mich, ob ich nicht lieber gehen wollte. „Nein, noch nicht, ein bisschen bleibe ich noch," versicherte ich ihr.

Gabi atmete zweimal tief und es machte blubb. Miriam Rebecca war geboren. Sie lag auf dem Tisch, etwas blau angelaufen und voller Käseschmiere. Sie hielt die Ärmchen nach oben gestreckt und rührte sich nicht. Die Hebamme, mein Schwager und ich standen wie fest gemauert da und starrten auf das kleine Menschlein und unsere Starre löste sich erst, als Miriam anfing zu weinen.
Sie lebt! Oh Wunder der Natur. Gott, oder wie auch immer man dich nennen soll, vielen Dank für diese beiden Arme, die Hände, die beiden Beine, die Füße und die Zehen, den Körper, den Kopf und für den Rest der uns Menschen gegeben ist.

Wann immer ich daran denke, sehe ich die Hebamme, das Kindlein badend, wie sie mich „dankbar" ansah, als ich zu ihr sagte, „seien sie vorsichtig und lassen sie bitte das Köpfchen nicht nach hinten hängen." Es ist möglich, dass es besser ist, nicht zu wissen, was die Frau in diesem Moment gedacht hat.

Der Mensch denkt, Gott lenkt.

Gabi, ich danke dir, dass ich das erleben durfte. Es war unbeschreiblich, einzigartig und es schmerzt in meinem Herzen vor lauter Glück.

Mein Ehemann

Wir lernten uns kennen kurz nachdem ich eine sehr anstrengende Beziehung endlich beendet hatte. Misstrauen war für mich das wichtigste Schlagwort. Ich traf ihn, doch habe ich ihn bei dieser Begegnung überhaupt nicht beachtet.

Ein Freund, mit dem er zusammen in der gleichen Disco war, wie ich, sprach mich viel eher an. Ich wollte Spaß und war nicht auf der Suche nach einer neuen Beziehung. Doch erstens kommt es anders und zweitens als man denkt. Das Schicksal nötigte mir meinen Mann auf, ob ich es wollte oder nicht.

Bereits nach kürzester Zeit waren wir beide unzertrennlich. Meine Bedenken und mein Misstrauen besänftigte er mit dem überzeugenden Argument, dass ich nicht verallgemeinern solle. Es gäbe doch auch noch ehrliche Männer. Es gefiel mir sehr, dass er gleich nach der ersten Woche unserer Bekanntschaftsphase auf ein Familienfest mitging. Für ihn war es selbstverständlich, dass meine Familie zu mir gehörte und er wurde auch sofort begeistert und ohne Vorurteile aufgenommen. Walter verwöhnte mich von Anfang an und ich verwöhnte ihn. Ich glaube, wir beide konnten es nicht fassen, jeweils so einen passenden Partner gefunden zu haben. Sehr bald bereits merkten wir, dass wir in fast allen Dingen die gleichen Ansichten hatten. Ob weltanschaulich, in Hinblick auf Wohnungseinrichtung oder andere Menschen, wir waren fast immer der gleichen Meinung.

Wahrscheinlich war mein Vater der glücklichste Hochzeitsgast. Für ihn war mein Mann immer wie ein eigener Sohn. Er wusste, wenn ein Mann seine Tochter glücklich machen konnte, dann war es Walter.

Aber bereits auf der Hochzeitsreise nach Kenia begannen die ersten Prüfungen. Nach zwei Wochen erkrankte ich an Malaria. Mein Mann behütete mich Tag und Nacht an meinem Bett und bewachte meinen unruhigen Schlaf. Ich war nicht in der Lage, etwas zu essen, konnte nicht einmal den Geruch von Essen ertragen. Aus Liebe zur mir aß mein Mann auch nichts.

Er verweilte bei mir in der tropischen Hitze bei geschlossenen Fenstern, denn ich konnte die widerlichen Trommeln der einheimischen Wilden, die gar nicht da waren, nicht mehr hören. Also schloss er die Fenster, um die nicht vorhandenen Trommelgeräusche zu dämpfen. Drei Tage war er damit beschäftigt, zu verhindern, dass ich mich vom Balkon stürzte, denn ich wollte die imaginären Trommler suchen und dafür sorgen, dass sie nie wieder lärmen würden.

Dann wieder war in meinem Fieberrausch die ganze Zimmerdecke übersät mit Ungeziefer und er musste wie ein Wilder mit dem Kopfkissen nach imaginierten Kreuch- und Fleuchgetier schlagen. Nichts war ihm zu viel. Ich kann mich nur sehr schwach an diese Zeit erinnern, aber die Trommeln höre ich und die Spinnen,

Würmer und anderen Untiere sehe ich noch heute in meiner Phantasie.

Zwei Jahre nach unserer Heirat passierte dann das Unglück mit meinem Rücken. Ich hatte zu schwere Lasten gehoben, es knackte gewaltig in meiner Wirbelsäule und kurz darauf bekam ich fürchterliche Rückenschmerzen.

Mein Hausarzt war so genial und hielt es nicht einmal für notwendig, eine Röntgenaufnahme anzufordern, um meine Beschwerden ordentlich zu diagnostizieren. Er erkannte bereits, als ich durch die Tür kam, dass es sich um einen Hexenschuss handeln musste. „So Mädchen, da zieh ich dir eine Spritze auf, dann machen wir etwas Gymnastik und fertig ist die Laube." Oh, vielen Dank Herr Doktor. Als sich nach zwei Wochen voller Höllenqualen, trotz ständig neuer Spritzen, trotz Gymnastik und allen Bemühungen meinerseits auf mich zu achten, mein Zustand noch mehr verschlechtert hatte, wechselte ich vorsichtshalber den Arzt.

Der neue Arzt, in dessen Behandlung ich mich begab, erklärte mir sofort fachmännisch, die Behandlung seines Kollegen sei völlig falsch gewesen und „wir werden das Kind schon schaukeln." Wieder vergingen vier Wochen. Inzwischen war es mir nicht mehr möglich, aufrecht zu sitzen, geschweige denn, zu liegen. Das Gehen bereitete mir besonders große Schmerzen und allein das Atmen wurde schon zur Tortur.

Am Ende dieser drei Wochen schleppte ich mich abermals zum Arzt, stellte mich schief und krumm vor Schmerzen vor ihm auf und sagte wörtlich: „Herr Doktor, wenn sie mir jetzt nicht helfen, dann werde ich mich umbringen, denn ich kann so nicht mehr weiterleben!"

„Warum haben sie mir nicht schon länger gesagt, dass es so ernst ist," antwortete mir mein toller neuer Arzt. An dieser Stelle möchte ich meinem Schöpfer nochmals für meine Geduld und Menschenliebe danken, denn ohne diese hätte ich diesen Arzt spätestens jetzt ermordet.

Er erklärte mir, dass es dann doch vielleicht sinnvoll sei, eine Computertomographie durchführen zu lassen und er vereinbarte mit mir einen Termin für den nächsten Tag. Der nächste Tag war ein Donnerstag und ich betrat um etwa drei Uhr die heiligen Räume des Obergurus. Er, der Einzige weit und breit, der über diese einzigartigen Untersuchungsgeräte verfügte, war natürlich schon aus termintechnischen Gründen überlastet. Dazu kam, dass der ach so wichtige Mann genau an diesem Donnerstag Vorbereitungen dafür traf, am darauffolgenden Wochenende in noch größere und prächtigere Räumlichkeiten umzuziehen.
Der Stress dieses Mannes war offensichtlich gigantisch. Natürlich wird es immer wichtiger sein, einen bevorstehenden Umzug zu bewältigen, als seine Arbeit ordentlich und gewissenhaft zu verrichten. Wer also sollte ihm das nun folgende Ereignis übel nehmen.

Die Röhre wurde vorbereitet und nachdem das Geräusch des megagigantischen Untersuchungsgerätes verstummt war, kam die Sprechstundenhilfe herbei und bat mich, nachdem sie mit einer Kollegin verzweifelt versucht hatte, mich wieder in die Vertikale zu bringen, im Wartezimmer Platz zu nehmen. Freudig nahm ich ihre Ankündigung zur Kenntnis, dass der Herr Doktor gleich komme.

Ich wartete circa eine Stunde auf ihn. Mein Mann, der in diesen Tagen 100 km entfernt an einem beruflichen Seminar teilnahm, war inzwischen nach Hause gekommen und fuhr zu der Arztpraxis, um mich dort abzuholen. Er setzte sich neben mich und genau zu dem Zeitpunkt, als ich sagte „jetzt habe ich die Schnauze voll, ich möchte heim!" näherte sich dann doch noch die Arzthelferin, um mich in das allerheiligste Sprechzimmer des Herrn Doktor zu begleiten.

Mein Mann und ich nahmen Platz und ein junger griechischer Gott, wie er sich wohl fühlte, kam herein, reichte uns die Hand und erklärte sich bereit, eine Untersuchung vorzunehmen, da der Herr Oberchefdoktor ja wichtiger Weise damit beschäftigt war, seine Umzugskisten voll zuladen.

Im Grunde war es mir inzwischen völlig egal, wer mich untersuchte, Hauptsache, irgendwer würde es tun.

Der griechische Gott testete meine Reflexe unterhalb meiner spitzen Knie. „Ach, so, na". In diesem erhebenden Moment betrat seine Heiligkeit, der selbstherrliche, bewundernswürdige Chef dieser Arztpraxis den Raum. In diesem Augenblick geschah das Unfassbare. Sein Assistenzarzt erlaubte sich zu bemerken, „der Patellarsehnenreflex auf der linken Seite ist um einiges schwächer als auf der rechten." Oh mein Gott, warum hast du diesen wunderschönen jungen Assistenzarzt verlassen und ihn nicht von dieser Unverfrorenheit abgehalten, dieser waghalsigen Eigenmächtigkeit, selbst zu diagnostizieren! Ich rechnete schon mit dem Schlimmsten. Doch da näherte sich seine Eminenz persönlich, holte mit dem Hammer aus, dass mein Mann beinahe ein Schreikrampf erlitt und knallte mir mit so einer Wucht auf den Punkt unterm Knie, dass dieses Körperteil, und wäre es auch tot gewesen, schon vor lauter Angst und Schreck in die Höhe fuhr.

„Alles in Ordnung, Kindchen, ha, ha", lallte er. Völlig fertig mit der Welt erlaubte ich mich zu fragen, „ja, aber meine furchtbaren Schmerzen, was wird jetzt mit mir?" Der Halbgott in Weiß näherte sich meinem geschundenen Körper und erläuterte mir, „es ist nichts Ernstes, sonst hätten das meine Mädchen, die den Apparat bedienen, doch sofort gemeldet!" „Aber Herr Doktor (du blöder Ich-bin-der-Größte-Fuzzi), was soll ich denn nun wegen meiner Schmerzen machen?" Da beugte sich dieser A.. mit Ohren zu mir herunter, tätschelte meine Wange und

säuselte „Jetzt gehen sie erst mal nach Hause und lassen sich von ihrem Mann verwöhnen!"
Ein Gewehr, ein Messer, egal was, aber bitte irgend etwas, damit ich die Welt von diesem selbstherrlichen Großkotz befreien kann. Doch nichts, was ich mir wünschte, geschah. Es traf ihn weder ein tosender Blitz, noch traf mich der Schlag, auf den ich in diesem Augenblick gewartet. Mein Mann, meine Schwester, die die ganze Zeit im Wartezimmer ausgeharrt hatte und ich verließen die Räumlichkeiten über denen ein Hauch von „Ich bin der Herr Doktor und dein Gott" lag.

Vor der Tür unseres Hauses meinte mein Mann, ihm wäre, nachdem er zur Zeit tagsüber nicht zu erreichen ist, wohler, wenn ich meiner Schwester unseren Ersatzschlüssel geben würde. Gesagt – getan. Tschüss bis Morgen.

Am folgenden Tag, es war Freitag der 21. Juni 1985, nachdem ich erwachte – so unglaublich es auch war – spürte ich keine Schmerzen mehr. Ich stand auf – schmerzfrei – und ging ins Bad. Waschen ohne Schmerzen! Meine Schwester rief mich an. Sie meldete sich zum gemeinsamen Frühstück an und ich verkündete freudestrahlend „zum ersten Mal seit sechs Wochen habe ich keine Schmerzen mehr, was für ein Glück!"

Während ich das Frühstück vorbereitete, dachte ich darüber nach, wie es zu dieser Wunderheilung gekommen war. Plötzlich überkam mich die Erleuchtung. Der Herr Wunderdoktor ließ mich gestern zwar durch die Blume, aber doch in aller Deutlichkeit wissen, dass ich eigentlich ein Simulant bin (tätschel, tätschel, lass dich verwöhnen ha, ha). Heute, während ich schlief, hat meine Psyche diese Wahrheit wohlwollend verarbeitet und daher bin ich jetzt gesund. Egal wie, Hauptsache, keine Schmerzen mehr.

Wir wohnten zu dieser Zeit im Hochparterre. Der Briefkasten war bis zu unserer Wohnung nur sechs oder sieben Stufen weit entfernt. Ich ging nach der Post sehen und als ich die Stufen zu unserer Wohnung wieder hinaufstieg, begann es an meiner Wirbelsäule zu ziehen. Was soll's, dies sind halt noch ein paar Nachwehen, dachte ich. Ich betrat das Wohnzimmer und wollte mich auf mein Sofa setzen, ungefähr nach der Hälfte des Weges war es mit der Schmerzfreiheit vorbei. Ich konnte mich weder aufrichten, noch konnte ich mich hinsetzen.

Mir war keine Bewegung mehr möglich und die Schmerzen waren jetzt noch heftiger als zuvor. Ich warf mich auf den Fußboden und versuchte mich mit den Ellenbogen vorwärts zu bewegen. Ich musste es schaffen, das Telefon zu erreichen.

Das gelang mir schließlich auch. Nun lag ich bäuchlings vor dem Schränkchen, auf dem, für mich unerreichbar hoch, das Telefon stand. Ich begann zu schreien. Plötzlich hörte ich meine Schwester sprechen. Sie sagte zu ihrer damals zweijährigen Tochter, „Schnell Nadja, wir müssen uns beeilen, ich glaube das ist deine Tante, die da so schreit."

In weiser Voraussicht hatte mein Mann mir empfohlen, meiner Schwester unseren Ersatzschlüssel für die Wohnung gegeben. Sie kümmerte sich um alles Weitere, rief den mich behandelnden Orthopäden, der sich für mich nicht zuständig erklärte und schließlich meine Hausärztin an. „Ich habe gerade Sprechstunde, im Moment ist es unpassend," antwortete die feine Dame, worauf meine Schwester „und ich habe meine Schwester hier auf dem Boden liegen, die sich die Seele aus dem Leib schreit und Hilfe braucht, das passt mir auch nicht" in den Hörapparat schrie.

Meine Hausärztin bequemte sich dann glücklicherweise doch noch zu einem Hausbesuch bereit und sah, nachdem sie mich untersuchte, ein, dass hier nur noch die Einweisung in eine Klinik helfen konnte.

Der gerufene Krankenwagen eilte herbei und lieferte mich ins Krankenhaus ein. Keine Blasenfunktion mehr, kein Gefühl mehr in meinen beiden Beinen. Der Arzt, der die Untersuchungen an mir vornahm, ließ sich von mir die Vorgeschichte meines Leidens erzählen und kontaktierte umgehend telefonisch den Radiologen, der ja überhaupt keine Zeit hatte, da er sich doch mitten in unaufschiebbaren Umzugsarbeiten befand. Nachdem mein Gegenüber aber nicht einzuschüchtern war und darauf bestand, das Untersuchungsergebnis zur Verfügung gestellt zu bekommen, ließ sich der eitle

Herr Doktor Hochwohlgeboren notgedrungen dazu herab, in seinen Unterlagen danach zu suchen. Der Untersuchungsbefund zeigte, dass ich einen dreifacher Bandscheibenvorfall erlitten hatte.

Es wurden nun einige weitere Untersuchungen an mir vorgenommen und kurz bevor ich in den Operationssaal geschoben wurde, kam endlich mein Mann in die Klinik. Drei Monate musste ich anschließend im Krankenhaus verweilen. Aber das größte Glück war wohl, dass ich in dieser ganzen Zeit nicht einmal am Charakter meines Mannes zweifelte. Ich wusste genau, dass mein Mann nicht ausging und sich nach anderen Frauen umsah und dass ich mich jede Minute, in der ich im Krankenbett verbrachte, auf ihn verlassen konnte.
Mein Vertrauen in die Ärztewelt war damals dagegen jedoch drastisch ins Wanken geraten. Nach der ersten Operation musste ich drei Wochen flach auf dem Rücken liegen. Super, das sollte jeder einmal versuchen. Dann durfte ich aufstehen, doch meine anschließenden Geh- bzw. Vorwärtsschleppversuche scheiterten kläglich.

Der freundliche Stationsarzt eröffnete mir nach zwei Monaten Aufenthalt in diesem gastlichen Etablissement, dass noch einmal eine Computertomographie vorgenommen werden müsse. Es bestehe nämlich der Verdacht, dass bei der ersten Operation etwas Wichtiges übersehen worden war. Zuerst dachte ich mir nichts dabei und blieb unbesorgt, bis mir mein Stationsarzt dann mitteilte, dass mich am kommenden Montag ein Krankenwagen zum einzigen hier in der Nähe befindlichen Computertomographen bringen würde.

Mein Glück schien perfekt. Ich würde Herrn Doktor Tunichtgut noch einmal sehen dürfen. Am Montag ging es los. Man fuhr mich in die neu bezogenen, heiligen Hallen dieses großen, mächtigen Mannes, dem als einzigem der Computertomograph in der näheren Umgebung untertan war. Man schob mich in die Röhre und versprach mir, den Befund in den nächsten Tagen zu übersenden.

Mein Stationsarzt und ich warteten und warteten. Dienstag, Mittwoch, Donnerstag und Freitag. Am Freitag, nachdem mein Befund wieder nicht in der Post war, verlor mein Stationsarzt die Geduld. Er rief bei seiner Hochheiligkeit an, um den Bericht anzufordern, doch, wie sollte es auch anders sein, seine Hochübelkeit hatte leider keine Zeit.

Aber eine seiner Dämlichkeiten suchte nach den Bildern mit dem dazu gehörigen Befund und erklärte unbedarft, das „alles in Ordnung ist und die Untersuchung ergeben hat, dass es keinen ersichtlichen Grund dafür gibt, warum die Patientin nicht anständig laufen könne!"

Schon wieder, Frau Simulantin, jetzt reicht es aber, sie komische Frau „mir-fehlt-nichts-aber-ich-jammere-doch".

Mein Stationsarzt wollte es nicht glauben. Da fresse er doch die Putzfrau mitsamt dem Besen, kommentierte er diese lapidare Auskunft verärgert. Aber was nützt es, wenn seine eingebildete Göttlichkeit es so befunden hat, dann ist es auch so!

Gegen Mittag klingelte das Stationstelefon und seine Scheußlichkeit war selbst am Apparat. „Oh, Herr Stationsarzt, es ist etwas sehr Peinliches passiert. Meine Damen hier haben den falschen Befund zu den Bildern gelegt. Es handelt sich bei ihrer Patientin um einen zweifachen Bandscheibenvorfall. Ich bitte nochmals um Entschuldigung für dieses Versehen."

Vielleicht bin ich im nächsten Leben dein Henker, dann schlage ich dir den Kopf nur zu einem Drittel ab und während du schreiend und brüllend deinen Kopf auf dem Richtblock drehst und windest, sage ich immer wieder „Oh, für dieses Versehen bitte ich um Entschuldigung, aber eigentlich kannst du gar keine Schmerzen haben, man kann sich so was auch einbilden."

Von diesem Anruf wusste ich nichts. Nur, als ich mich danach den Gang entlang schleifte, ging mir jede Schwester aus dem Weg. Ich fühlte mich, als hätte ich die Pest am Hals und alle wollten es vermeiden, sich bei mir anzustecken. Dabei war der wahre Grund für dieses augenscheinlich ausweichende Verhalten der Schwestern, dass mir keine sagen wollte, dass ich doch wieder operiert werden müsse.

In der Zwischenzeit besuchte mich mein Mann auf der Krankenstation. Gott ist mein Zeuge, dass ich mich niemals beklagt habe. Ich lag drei Wochen lang in meinem Bett und spielte den Clown. Ich habe nicht einmal gesagt „warum ich und nicht der Hintern-mit-Ohren-Doktor."

Ich strahlte stets Zuversicht aus, pflegte oder ließ mein Äußeres pflegen und gab mir die größte Mühe, meine Seelenschmerzen nicht zu zeigen. Wochenlang hatte ich Angst, nie mehr richtig laufen zu können. Aber ich habe solche Ängste niemals laut geäußert.

Nun stand ich mit meinem Mann auf der Terrasse und gestand ihm, dass die Ungewissheit darüber, ob ich nun noch einmal operiert werde oder nicht, sehr stressig für mich sei. Mein Mann sah mich an und meinte „Du solltest jetzt nicht in Selbstmitleid versinken."

Ich glaube es nicht! Dieser Mann besitzt doch die Unverschämtheit, so etwas zu mir zu sagen. Zwei Monate Krankenhaus, nicht einmal ein Wort der Klage, und ich offenbare ihm einen Satz, der aus meiner Seele kommt, der einfach heraus musste – und dann bekomme ich so eine an persönlicher Fehleinschätzung unüberbietbar krasse Antwort.

Der Stationsarzt legte den Operationstermin fest, dann kam er zu mir ins Zimmer, setzte sich auf meinen Bettrand, tätschelte meine

Hand (schon wieder – ich glaube ich habe das typische Tätschelgesicht und die typischen Tätschelhände) und erklärte mir etwas, das ich schon lange selber wusste. „Sie sind noch nicht gesund." Welch eine Überraschung!

Am folgenden Montag wurde ich operiert. Ich ließ mich nur unter der Bedingung operieren, dass man mich nicht in die Intensivstation legte, sondern dass ich nach gelungener Operation wieder in mein Zimmer durfte. Das Eingesperrtsein in der Intensivstation hatte mich bereits nach der ersten Operation total überfordert.

Dir wird der Rücken aufgeschnitten, dann legt man dich auf denselben und spätestens wenn du aufwachst, hast du das elende Gefühl, auf fauligem Fleisch zu liegen. Nach der ersten Operation hatte ich das nicht bemerkt, denn da war ich ja auf der Intensivstation und wurde mit Gewalt am wach werden gehindert. Nachdem ich allerdings diesmal wach war und mir die Schmerzen gewaltig zu schaffen machten, spätestens da hätte ich mich über den gewonnenen Kampf mit dem Narkosearzt in den Hintern beißen können. Glückwunsch! Gewonnen!

Die letzten zehn Jahre litt ich an den Folgen dieser Operation. Schmerzen wurden für mich alltäglich. Aber was noch schlimmer ist, ist die Angst davor, eines Tages überhaupt nicht mehr laufen zu können. Ich glaube, ich habe seitdem meine Familie des öfteren mit meiner Krankenhaushistorie konfrontiert und spätestens nach dem dritten Mal kannst du es nicht mehr hören. Aber andererseits habe ich ständig mit der Angst vor einer Lähmung zu kämpfen und ich glaube, ich habe die Angelegenheit immer noch nicht verkraftet.

Zwei Jahre später saß ich mit meinem Vater im Wartezimmer der Frauenklinik. Ich wartete nach einer mikrochirurgischen Unterleibsoperation auf meine Entlassungspapiere. Während ich wartete, unterhielt ich mich mit einer Frau, die sich mit uns im Wartezimmer aufhielt.

Die Frau hatte ebenfalls Probleme mit ihrem Rücken und so erzählte ich von meinem Fall. Als ich das Gespräch beendet hatte, erklärte ich ihr, dass meine größte Freude nach der Operation und der langen Zeit danach die war, als es mir endlich nach langen und geduldigen Übungen gelang, beim Laufen mit den Hüften zu wackeln. Ich vertraute ihr an, dass dieser Moment wie ein Wunder für mich war, denn jetzt erst hatte ich wieder das Gefühl eine Frau zu sein. Die seelische Belastung war wohl heraus zu hören, denn die fremde Frau war ganz gerührt und mein Vater sah mich total fassungslos an und bemerkte erstaunt „das habe ich gar nicht gewusst."

Über bestimmte Dinge spricht man eigentlich auch nicht. In vielen Fällen gerade dann nicht, wenn es um starke intime Gefühle geht. Womit wir an diesem Punkt wieder bei meinem Mann angelangt wären.

Wie ich bereits am Anfang berichtete, tat mein Mann alles für mich. Er bügelte ab sofort die Wäsche, denn bügeln ist eine gewaltige Strapaze für den Rücken. Er putzte die Fenster und ging einkaufen. Selbst als die Krankheit meines Vaters begann, war er immer für mich da. Er half, wo er konnte und es war ihm niemals etwas zuviel.

Nachdem mein Vater, mein Mann und ich waren auf Malta, diesen Schlaganfall erlitten hatte, war es mir unmöglich, noch mal in Urlaub zu fahren ohne ihn. Er war niemals ausländerfeindlich, im Gegenteil, aber sein geliebtes Deutschland, seine Heimat, zu verlassen, das schien ihm das Herz zu brechen.

Trotzdem planten wir einen gemeinsamen Urlaub in Italien. Meiner Mutter taten Sonne, Strand und Meer bestimmt auch gut und ihm würde dies sicher auch nicht schaden. Mein Mann war einverstanden. Er fuhr den Wagen bis nach Italien und führte, als wir am Urlaubsort angekommen waren, Vater immer vom Hotel an den Strand und wieder zurück. Er erzählte ihm die blödesten Witze und er brachte ihn im Lokal des Hotels zur Toilette.

Wieder war es dunkel geworden, wieder schrieb ich alles auf.

Als ich am nächsten Tag zu unserer Parkbank kam, war er schon da, mein geheimnisvoller unbekannter Freund. Ich setzte mich neben ihn und wollte endlich seinen Namen wissen. Was glaubst du, wie ich heiße, beantwortete er mir meine Neugierde. Ich sah ihn an, und erklärte ihm, dass er einem jungen Mann, den ich vor vielen Jahren gekannt hatte, sehr ähnlich sah.

Karl–Friedrich

Bereits mit sechzehn Jahren war ich verlobt. Mein Verlobter war ein toller Mann. Er tat, was ihm Spaß machte, er ging fort, wann er wollte, er betrog mich (zugegeben vielleicht auch deshalb weil zwischen uns beiden nichts lief), denn schließlich war ich noch zu jung, und er gestaltete sein Leben so, wie es ihm passte.

Unsere Verlobungsfeier war großartig gewesen. Schwester Gabi musste für mich, meinen Verlobten, meinen Bruder und ich weiß nicht für sonst wen noch, trinken. Leider aber hat sie nichts vertragen. Wir konnten sie jedoch noch vor Mitternacht aus der Toilette befreien und nach Hause fahren. Ich glaube, Gabi hat seitdem etwas gegen Verlobungsfeiern.

Das beste an meinem Verlobten war sein Vater, Josef. Den mochte ich gerne und er mochte mich auch. Wir spielten gemeinsam Karten und da er meinen Vater von früher her kannte, unterhielten wir uns viel über Familienangelegenheiten. Eine für Josef und mich typische Geschichte war folgende:

Meine Mutter arbeitete für einen Modeschmuckhändler in einem Kaufhaus. Immer wenn ich Zeit hatte, besuchte ich meine Mutter und half ihr etwas aus, damit sie Kaffee- oder Mittagspause machen konnte. An diesem Tag war ich bei Mutter und wollte anschließend zu Karl-Friedrich zum Kaffee. Mitten in der Fußgängerzone sprach mich ein junger Mann an, der mich so sehr bedrängte, bis ich eine Beitrittserklärung zum „Cindyfrauverlag" unterschrieb. Ich konnte eigentlich nichts falsch machen, denn innerhalb einer Woche, konnte ich den Vertrag ja wieder kündigen. Allerdings rückte der nette Junge den Durchschlag nicht raus, so dass ich plötzlich Panik bekam. Wie sollte ich kündigen, wenn ich nicht wusste, bei wem ich kündigen muss.

Ich bedrängte den Typ, bei dem ich den Vertrag abschloss, mir den Durchschlag auszuhändigen. Jedoch erfolglos. Was sollte ich jetzt tun. Mein Schutzengel flüsterte mir ins Ohr „Aufsehen erregen, das hilft."

Plötzlich begann ich den Werber anzuschreien. „Du Betrüger, gib mir sofort den Durchschlag von dem Vertrag, sofort." Ich schrie so laut ich konnte. So lange brüllte ich das Wort Betrüger, bis einige Leute stehen blieben und uns umringten. Endlich mischte sich ein junger Mann ein und wollte von mir wissen, was denn hier los sei. Als ich ihm inzwischen weinend, erklärte, worum es ging, nahm er ein paar der umstehenden Menschen ins Visier und verkündete im Befehlston „Sie halten den Typen fest und das Mädchen und ich holen die Polizei."

Er nahm mich am Arm und ging mit mir zum nahegelegenen Polizeirevier. Der Beamte hörte sich meine Beschwerde an, setzte seine Mütze auf und ging mit dem Kommentar „Auf den warte ich schon lange" mit uns. Als wir uns jetzt dem Ort des Geschehens näherten, sah ich, dass es eine riesige Menschenansammlung gegeben hatte. Der Polizist drängelte sich zum Verursacher durch und wir folgten ihm auf dem Fuß. Das Geschrei war nicht zu überhören „das ist Nötigung" schrie der Bösewicht, gerade als wir uns näherten, „lassen sie mich sofort los", tobte er. Dann hatten wir den Übeltäter erreicht. Er stand inmitten des Menschenauflaufes und wurde wie vereinbart, von den zwei Männern festgehalten.

Der Polizeibeamte stand vor ihm und bat ihn freundlich: „zeigen sie mir doch bitte einmal ihren Gewerbeschein", Die Antwort: „Den hat mein Freund", Polizist „Dann zeigen sie mir doch bitte ihren Ausweis", Antwort: „Den habe ich nicht dabei."

Die Leute um uns herum, wurden immer ungehaltener. „Sauerei, einsperren sollte man so einen Verbrecher", und dergleichen Bemerkungen konnte man hören.
Polizist: „Jetzt geben sie mir bitte sofort, das Dokument, welches das junge Fräulein unterschrieben hat." Der Junge hatte es plötzlich eilig das betreffende Formular herauszusuchen. Der Polizist zeigte mir das Papier und fragte „das hier", als ich nickte, nahm er das Original und Durchschlag und riss die Papiere in kleine Streifen.

„Für sie ist die Angelegenheit erledigt", sagte der nette Polizist zu mir und zu dem kriminellen Typen: „und sie folgen mir auf das Revier".

Er nahm den Jungen am Arm und zog ihn mit sich. Leider weiß ich nicht mehr genau wie viel Leute mir auf die Schulter geklopft haben um mich zu trösten, aber es waren viele.

Mein Bodyguard, der mich zur Polizei begleitet hatte, hakte sich unter und erklärte „jetzt gehen wir einen feinen Cognac trinken, damit das Zittern aufhört."

Menschen helfen Menschen. Vielen Dank an meinen Bodyguard, dem ich niemals richtig danken konnte und ebenso an die anderen Beteiligten.

Als ich nun an diesem Nachmittag zu Karl-Friedrichs Wohnung kam, war dieser noch nicht da, nur sein Vater und sein Schwager. Ein Blick genügte, damit Josef erkannte, dass ich total erledigt war. „Was ist los mit dir?" wollte er wissen. So erzählte ich ihm die ganze Geschichte. Wutentbrannt nahm er sein Luftgewehr von der Wand und brüllte seinem Schwiegersohn entgegen „Los komm mit, den Kerl packen wir uns."

Gerade rechtzeitig kam Karl Friedrich nach Hause und auf mein Drängen hielt er seinen Vater zurück. Dieser beteuerte mir immer wieder „Jemand, der so etwas mit dir macht, den töte ich gern." Ja, wenn das nicht absolute Sympathie ist! Die Verlobung wurde von mir gelöst. Josef hat seinem Sohn schlimme Vorhaltungen gemacht. Für Josef war klar, dass sein Sohn schuld war am Scheitern der Beziehung, niemals ich.

Michael wollte wissen, ob ich Josef noch sehe ab und zu. Ich erzählte ihm, dass eines meiner Lieblingsgerichte „Burma" ist. Dies ist eine Spezialität von Josef gewesen. Wenn wir uns zufällig trafen, haben wir uns vorgenommen, dass ich Josef besuche und er macht Burma für uns.

Am Tag als mein Vater beerdigt wurde, kamen Karl-Friedrich und seine Schwester nach der Beerdigung in die Gaststätte, in der wir uns aufhielten. Sie trugen schwarze Kleidung und erklärten, sie wollten heute selbstverständlich zur Beerdigung meines Vaters kommen. Josef wollte auch unbedingt mit. Als sie ihn abholen wollten, öffnete er seine Tür nicht. Nachdem ein Schlosser mit der Polizei gemeinsam die Türe geöffnet hatten, fand Karl-Friedrich seinen Vater tot in seinem Bett liegend.

Josef, du fehlst mir. Vielleicht täusche ich mich, aber ich glaube, der Tod meines Vaters hat dich auch zu sehr getroffen.

Michael wollte wissen, wie ich damit fertig geworden bin, dass so viele Menschen, die ich kannte, bereits gestorben sind. Ich erzählte ihm, dass ich darüber einmal mit meinem Onkel Herbert gesprochen habe und dessen kluge Antwort hat mich doch verblüfft. „Herbert ist das denn normal, dass so viele Menschen die ich kenne sterben müssen?" fragte ich ihn einmal. „Ja weißt du, antwortete er mir „das liegt daran: je älter wir werden desto mehr Menschen kennen wir, und du bist jemand, der den Kontakt zu anderen Menschen sucht."

Vielleicht werden wir mit dem Tod deshalb zunehmend konfrontiert, damit er uns in späteren Jahren bereits vertrauter ist?

Michael

Nach der gescheiterten Beziehung traf ich eine ehemalige Schulfreundin wieder, die ich lange Zeit nicht mehr gesehen hatte. Sie berichtete mir, dass sie mit einer Gruppe junger Leute zusammen war, mit denen sie sehr viele abwechslungsreiche Aktivitäten unternahm. Ich solle doch mal zum Treffpunkt kommen.

Zwei Tage später kam ich dann dorthin und mein erster Gedanke war, wenn mich mein Vater mit diesen Leuten sieht, schlägt er mich tot. Trotzdem oder gerade deswegen, blieb ich dort und saß nun nach der Arbeit am hellen Nachmittag in einer miefigen Kneipe und trank Cola.

Einer aus der Clique ging mit mir zum Baden ins Schwimmbad und machte Anstalten, mit mir eine festere Beziehung anzustreben. Von einem plötzlichen Regenguss überrascht, flüchteten wir in seine Wohnung. Als wir dort ankamen, sah ich ihn, sein Name war Michael!

Michael sah absolut zart aus, fast wie ein Mädchen. Er war nicht groß, aber auch nicht klein. Er war nicht dick, aber dünn war er auch nicht. Sein Gesicht war schmal und seine Augen waren die traurigsten Augen, die ich bis dahin gesehen hatte.

Irgendwie schien er mir bekannt. Auf meine Frage, ob wir uns nicht schon einmal begegneten, antwortete er mir, er kenne meinen Vater, dieser wäre aber nicht besonders gut auf ihn zu sprechen. Vater hatte ihm vor einiger Zeit in dem Betrieb in welchem er als Personalchef tätig war eine Chance gegeben, da Michael der Sohn einer langjährigen und zuverlässigen Mitarbeiterin war. Leider hatte Michael aber überhaupt keine Freude am Arbeiten, um nicht zu sagen, dass er durch seine Faulheit und sein Desinteresse auffiel. Zur Zeit sei er nicht berufstätig, erzählte er mir weiter, und dass er seine Aufmerksamkeit den ganzen Tag darauf beschränke, nicht von der Polizei erwischt zu werden.

Michael hatte Strahleaugen. Irgendwie sah er für mich aus, als wäre er nicht von dieser Welt.

Eine Woche nach dieser Begegnung, kam nun sein Freund und Mitbewohner in unsere Stammkneipe und teilte uns mit, dass Michael schwer krank sei. Fieber, Flecken überall am Körper und er sei nicht ansprechbar. Einen Arzt habe man nicht gerufen, weil Michael nicht krankenversichert sei und sich keinen Arzt leisten könne.

Natürlich ließ ich es mir nicht ausreden, mich um ihn zu kümmern. Ich besorgte Medikamente gegen Fieber und Schmerzen, eine Wund- und Heilcreme und saß stundenlang an seinem Bett, um ihm kalte Wadenwickel und Stirnkompressen zu machen.

Eine heiße Brühe war das Einzige, das er nicht wieder erbrach und damit fütterte ich ihn. Drei

Wochen später schien er die Krise überwunden zu haben und nach vier Wochen war er – von großer Schwäche abgesehen – wieder hergestellt.

Es gibt ein chinesisches Sprichwort, das lautet: „Wenn du einem Menschen das Leben rettest, bist du für alle Zeiten für ihn verantwortlich." Mir schien, dass Michael genau das von mir erwartete. Als ich ihm nämlich zu verstehen gab, ich würde ihn jetzt, da er wieder gesund war, nicht länger besuchen, wurde er beinahe brutal. Er ging auf mich los, und verlangte, dass ich unbedingt wiederkomme.

Michael war der Meinung, man kümmert sich nur dann um einen anderen Menschen, wenn man diesen lieben würde.
Er versicherte mir seine aufrichtige Liebe und dass er ohne mich nicht mehr leben könnte. Wieder unterstrich er den Ernst seiner Aussage damit, dass er mich an die Wand drückte und das bereitete mir mächtig Angst. Ich lief fort und hoffte, dass sich Michael wieder beruhigen würde.

Ein Freund von ihm rief mich in der Firma an, um mir mitzuteilen, dass Michael nicht mehr er selbst sei. Er würde mich so sehr lieben, dass er, sollte ich nicht mit ihm leben wollen, bereit sei, sich umzubringen.

Drei Tage später übergab mir seine Mutter einen Brief von Michael. Er schrieb, er möchte sich mit diesen Zeilen von mir verabschieden.

Er sei es ja gewöhnt von allen Menschen fallen gelassen zu werden wie eine heiße Kartoffel. Er sehe keinen Sinn mehr darin dieses verlorene Leben weiter zu führen. Ein paar Tage später erschien seine Mutter im Betrieb.

Sie rannte quer über den Hof auf mich zu, um mir zu sagen, dass Michael mit einem Mofa gegen einen Baum gefahren war. Er wurde schwer verletzt ins Krankenhaus eingeliefert. Die Ärzte konnten sich nicht erklären, wie es ihm gelungen war, sich in seinem schlechten Zustand nachts aus dem Krankenhaus zu schleichen. Zwei Tage später fand man Michael. Er hatte sich in einer verlassenen Hütte die Kanüle herausgezogen und war verblutet. Seine Mutter beendete ihr Gespräch mit der Bemerkung, ich sage dir das, weil ich weiß, dass mein Sohn dich sehr geliebt hat.

Michael ich hoffe, du bist jetzt glücklich!

Tief in meinem Herzen lebt Michael weiter und oft denke ich an ihn. Aber ich glaube nicht, dass ich seinen schrecklichen Plan wirklich hätte vereiteln können. Er war ein lediges Kind und wuchs bei seiner Oma auf. Er hat das Abitur geschafft und es wird bestätigt, dass er hochintelligent war. Als seine Großmutter starb, kam er zu seiner Mutter, die jedoch keine Zeit für ihn hatte, weil sie selbst berufstätig war und auch sein musste, und weil sie außerdem einen neuen Lebenspartner gefunden hatte, für den Michael nur ein Störenfried war. Michael, heute glaube ich, du hattest keine Chance, weil du zu sensibel warst!

Meine persönliche Meinung ist, wir leben auf der Erde um zu lernen. Wir müssen, ob Gutes oder Schlechtes, das uns begegnet, unseren Weg bis zum Ende gehen. Derjenige, der seinem Leben selbst ein Ende setzt, hat die Prüfung nicht bestanden. Michaels Mutter starb kurze Zeit nach ihrem Sohn und obwohl ich lange kein Verständnis für ihre Haltung Michael gegenüber hatte, glaube ich, sie starb an gebrochenem Herzen.

Ob „Gott" ihm wohl vergeben wird? Immer wieder wird man mit der unausweichlichen Frage konfrontiert, ob es Gott gibt oder nicht. Meiner Meinung nach gibt es jedenfalls eine Macht, die von Land zu Land und von Mensch zu Mensch eine andere Bezeichnung bei gleicher Bedeutung hat.

Ich bin, nicht zuletzt durch mehrere Ereignisse in meinem Leben davon überzeugt, dass es mehr gibt zwischen Himmel und Erde, als das, was wir in unserer geistigen Begrenztheit und Einfältigkeit für möglich halten.

Herr Reich

Nach meiner Lehrzeit hatte ich meinem damaligen Arbeitgeber gekündigt und begann eine neue Arbeitsstelle beim Diakonischen Werk der evangelischen Kirche anzunehmen. Das Diakonische Werk war für einige Menschen zum Amtspfleger oder Vormund bestimmt worden. Zu meinen Aufgaben gehörte es unter anderem, den Pfleglingen oder Mündeln Taschengeld auszubezahlen.
Einer dieser Leute war Herr Reich.

Nachdem das Sozialamt Herrn Reich überdrüssig wurde und es satt hatte, sich mit diesem schwierigen Mann herum zu ärgern, ließ man ihn schließlich entmündigen und wies ihn uns zu. Lange Zeit hatte ich große Probleme mit diesem Randalierer. Er kam angetanzt und verlangte Geld, obwohl er, wie es sehr oft der Fall war, seinen Geldvorrat bereits erschöpft hatte. Wenn ich dann seinem Verlangen nicht nachgeben konnte, quälte er mich stets mit dem Argument, er habe doch im zweiten Weltkrieg seinen Kopf für den deutschen Staat hingehalten – und nun wolle man ihm kein Geld geben.

Ganz ehrlich, wenn du eine bestimmte Position in einer guten Firma, bei einer Behörde oder bei der Kirche innehast, glaubst du vielleicht irgendwann, etwas besseres zu sein. Denn schließlich lebst du im Gegensatz zu den Menschen, die zu dir kommen, in sogenannten geordneten Verhältnissen. Es gibt keine existentiell auffälligen, störenden dunklen Punkte, die dein Wohlbefinden trüben würden und das scheint dich hervorzuheben aus der grauen Masse des Alltags.

Genauso fühlte ich mich Herrn Reich überlegen. Er trug stinkende Kleidung (im Nachhinein betrachtet nicht verwunderlich, denn er lebte in feuchten, schlecht beheizten Räumen), er war Alkoholiker (auch kein Wunder, nachdem er ohnehin von seinen Mitmenschen behandelt wurde wie der letzte Dreck) und wirkte extrem ungepflegt. Lange Zeit später, als ich ihn einmal besuchte, erkannte ich, dass dort die einzige Waschgelegenheit für 8 Parteien mitten im Treppenhaus war).

Eines Tages kam er und wollte wieder außer der Reihe Geld bei mir abholen. Von oben herab sah ich ihn an und wies ihn darauf hin, dass er sich doch, bevor er zu mir komme, wenigstens waschen und die Haare kämmen soll.

Herr Reich sah mich an und entgegnete mir ganz leise „Wie reden Sie denn mit mir, Sie scheinen zu vergessen, dass auch ich Menschenwürde besitze!"

Ja, er hatte Recht, das schien ich vergessen zu haben, dass auch Geschöpfen wie ihm menschliche Würde zukommt. Es traf mich in der Tat sehr, für so etwas Wichtiges das Gefühl verloren zu haben. Herr Reich und ich sahen uns eine Weile gegenseitig an und ich unterbreitete ihm folgenden Vorschlag:

„Herr Reich, in Zukunft machen wir Folgendes: Sie kommen gewaschen, gekämmt und vor allem nüchtern zu mir und dann akzeptiere ich auch ihre Menschenwürde." So verging eine lange Zeit, und wir hielten uns stets an unsere Abmachung.

Herr Reich kam pünktlich jeden Montag. Eines Tages klingelte er an der Tür und als ich öffnete, bemerkte ich, dass er im Verlauf der letzten Woche stark abgenommen hatte.
„Was ist los?" wollte ich wissen. Er erklärte mir, er habe Zahnschmerzen, und könne deshalb nicht essen. Ich bat ihn, doch zum Zahnarzt zu gehen. Wieder eine Woche später hatte er noch mehr abgenommen. Auf meine Frage, ob er denn beim Zahnarzt war, antwortete er, er werde ganz bestimmt noch in dieser Woche gehen.

Am Montag darauf kam er wieder und ich war wirklich sehr beunruhigt. „Was hat der Zahnarzt gesagt, oder waren sie gar nicht dort." „Ich war dort, aber der kann mir auch nicht helfen".

Da ich mir das nicht vorstellen konnte, wollte ich wissen bei welchem Zahnarzt er gewesen war. Er nannte mir dessen Namen und Anschrift und ging. Ein Anruf beim Zahnarzt ergab, dass er wirklich dort war, jedoch bereits eine Woche zuvor. Der Arzt teilte mir mit, dass er ihm wirklich nicht hätte helfen können und ihn deshalb in die Uniklinik geschickt hatte. Er las mir vor, in welche Abteilung er ihn schickte und ich rief dort an. „Herr Reich war am letzten

Donnerstag bei uns, wir diagnostizierten einen Oberkiefertumor. Er wurde auf die notwendige Operation vorbereitet und sollte dann am Freitag operiert werden. Er ist jedoch in der Nacht einfach weggelaufen", erfuhr ich dort. Auf meine Frage, ob es etwas nützen würde, wenn ich ihn noch heute in die Klinik bringen würde, bekam ich zur Antwort „Wahrscheinlich wäre es auch bereits letzte Woche schon zu spät gewesen."

Ich fuhr zu Herrn Reich und erst jetzt sah ich, unter welch erbärmlichen Umständen er dort lebte. „Warum haben Sie sich nicht operieren lassen?, Herr Reich?" „Weil ich, wenn ich sterben muss, wenigstens an einem Stück sterben will und nicht mit nur einem halben Gesicht," kam die Antwort.

Alle Achtung, Herr Reich, das ist wahre Größe. Er sprach von seinem Tod, als wäre es das Normalste der Welt. Genau in dem Moment dachte ich wieder, das ist es, wenn du nichts besitzt, an dem du hängst, dann fällt das Sterben leichter. Wir unterhielten uns noch eine Weile, dann verabschiedete ich mich wieder. Dies ereignete sich im August und der Arzt hatte mir am Telefon gesagt „Vielleicht lebt er noch vier Wochen, es könnten auch noch sechs Wochen sein, länger kann es jedoch kaum mehr gehen."

Im Oktober bekam ich einen Anruf von der Uni, Herr Reich wäre in die Klinik gebracht worden.

Er litt besonders unter massiven Erstickungs-
anfällen, es wurde ein Kehlkopfschnitt durchge-
führt und er wolle mich sprechen. Es war an
einem Freitag und nach Feierabend besuchte
ich ihn. Er erzählte mir, dass sich seine Lebensgefährtin bei ihm zu Hause, in seinem
Zimmer, aufhielt und sie nichts mehr zu essen
habe, weil er bereits seit einer Woche in der
Klinik ist. Seine Freundin dürfe aber nicht bei
ihm wohnen, dies sei von Amts wegen verboten.
Er befürchtete, dass sie vor lauter Angst, entdeckt zu werden, sein Zimmer nicht verlassen
würde und berichtete mir, seine Freundin
kümmere sich bereits seit dem Beginn seiner
Krankheit um ihn und es wäre ihm wichtig, sie
ebenfalls versorgt zu wissen.

Mich bewegte die Fürsorge dieses schwerkran-
ken Mannes für seine Partnerin und ich versprach ihm, dass ich mich persönlich dafür
einsetzen werde, dass seine Freundin keine Not
leiden müsse. Nun war es natürlich höchste
Zeit, denn beim zuständigen Jugendamt, (die
Obdachlosensiedlung unterstand dem Gesund-
heitsamt und dem Jugendamt zugleich) war es
nicht einfach, am Freitag Nachmittag noch einen Mitarbeiter dieses Amtes anzutreffen. Ich
hatte aber Glück. Ich erklärte dem zuständigen
Sachbearbeiter die beschriebene Ausnahmesi-
tuation, fand ein gutes Herz und wurde, Gott
sei Dank, durch nur wenig Bürokratie positiv
überrascht.
Der Sachbearbeiter versprach mir, er werde
sich sofort darum kümmern und er würde mich
umgehend zurückrufen. Nach einer guten hal-

ben Stunde kam der Anruf auch. Er hatte den Hausmeister der Siedlung angerufen und diesen verpflichtet, notfalls die Tür zum Zimmer einzurennen, um die Frau mit Lebensmitteln zu versorgen. Man teilte ihr seitens der Sozialbehörde schließlich mit, dass sie ab sofort Hilfe zum Lebensunterhalt erhalten werde und es ihr erlaubt sei, mit ihrem Freund in dessen Zimmer leben zu dürfen.

Noch einmal fuhr ich zu Herrn Reich in die Klinik. Herr Reich weinte vor Freude und ich weinte mit ihm. Es bot sich für mich nun die Gelegenheit den Auftrag meines Chefs auszuführen und mit ihm über Gott zu sprechen.
„Oh Je", nein an Gott glaube er nicht. „Natürlich ist es schwer, sich einen alten Mann mit langem weißen Bart, der irgendwo im Weltall herum schweben soll, vorzustellen. Aber wenn sie an Jesus denken, das wäre doch gut möglich, oder?"

„Ja", sagte Herr Reich, „das wäre möglich!" „Na gut, wenn sie sich die Existenz des Sohnes vorstellen können, vielleicht wäre es dann doch möglich, dass sie - und wäre es rein vorsorglich - auch ein bisschen an den Vater glauben könnten?" „Gut", sagte Herr Reich, „aber nur rein vorsorglich." Ein Gespräch mit dem Arzt an diesem 15. Oktober ergab, dass er bereits schon überfällig sei und es einem Wunder gleiche, dass er noch lebe.
Am Montag, pünktlich um 11.00 Uhr klingelte es an der Tür. Ich konnte es kaum glauben. Als ich öffnete, stand er da. Der Ernährungs-

schlauch hing noch aus der Nase, die Kanüle steckte in der Vene auf seinem Handrücken und das Rohr, welches ihm im Kehlkopf steckte, um das Ersticken zu verhindern, rundete das Gesamtbild ab. „Wo kommen sie denn her, Herr Reich", „Ich bin entlassen worden". „Oh, Herr Reich, was erzählen sie denn da wieder für einen Mist". „Entschuldigung, ich habe mich selbst entlassen, ich möchte zu Hause sterben."

Da dies ja aller Voraussicht nach sein letzter Wunsch war, und ich ihn von seiner Freundin versorgt wusste, besprach ich die Situation mit meinem Chef und wir erklärten uns bereit, ihn zu Hause zu betreuen. Ich bat ihn daher, sich auf jeden Fall, wenn sich etwas Schlimmes ergeben und er Hilfe benötigen würde, sich bei uns zu melden.

In der Nacht vom 21. zum 22. Februar des darauf folgenden Jahres, erwachte ich plötzlich aus meinem Schlaf. Es war mir, als sähe ich Herrn Reich vor meinem Bett. Jedoch war dies nicht mehr der zerschundene Körper, mit dem Gesicht voller Metastasen. Es gab kein Röhrchen mehr, das aus dem Hals ragte, sondern er stand da und ich hatte den Eindruck, als würde er von innen her leuchten. Nein, es war nicht sein Körper den ich sah, und doch war er es. Ich weiß, dass es abwegig klingt, aber so war es nun mal. Ich sagte „Herr Reich sie sehen so gut aus", und er antwortete „Ich bin ja auch tot. Ich wollte mich nur von Ihnen verabschieden".

Auf einmal war mir klar, dass ich nicht schlief. Ich hatte die Augen weit geöffnet und obwohl die Situation nichts Bedrohliches an sich hatte, begann ich zu schreien. Mein Mann wurde wach und schaltete das Licht ein. Es war um vier Uhr in der Nacht. Ich erzählte ihm, was vorgefallen war. Er beruhigte mich und bot mir an, das Licht anzulassen.

Am selben Morgen hatten wir in der Dienststelle des Diakonischen Werkes eine Besprechung. Als erstes berichtete ich meinen Kolleginnen und Kollegen natürlich von meinem seltsamen „Traum". Gerade in dem Moment, als ich fertig erzählt hatte, klingelte das Telefon. Es meldete sich ein Bestattungsdienst. Der Mitarbeiter teilte unserem Geschäftsführer mit, dass in dieser Nacht um vier Uhr Herr Reich verstorben war. Die Freundin von Herrn Reich erklärte den Angestellten des Bestattungsdienstes, sie sollten bitte im Diakonischen Werk anrufen und mich von seinem Tod verständigen. Das sei dem Verstorbenen in den letzten Minuten seines Lebens sehr wichtig gewesen.

Etwas, dass mich stark beeindruckt hat, war, dass die Freundin von Herrn Reich noch in derselben Nacht verschwand, in der er starb. Sie hat sich, glaube ich, für seine Fürsorge ihr gegenüber bis zu seinem Tod, mit ihrer Pflege und Anwesenheit, bei ihm bedankt.
Es war mir wochenlang nicht möglich bei Dunkelheit zu schlafen.

Aber seitdem habe ich keine Angst mehr vor dem Tod.

Der Tod hat nichts Finsteres und Grausames an sich. Nein, der Tod ist vielmehr etwas Strahlendes, ich habe es selbst gesehen!

Herr Mayer

In der Zeit, als ich im Diakonischen Werk arbeitete, klingelte eines Tages das Telefon und ein Sozialarbeiter aus Stuttgart war am Apparat.

Er informierte mich darüber, dass man in Stuttgart einen älteren Mann total erschöpft und entkräftet aufgelesen habe. Aus den Erzählungen des Mannes wusste man nur, dass er aus meiner Stadt war und Mayer hieß.

Der Sozialarbeiter erzählte mir, dass er gleich losfahren werde und ich versprach ihm, die Angehörigen des Mannes ausfindig zu machen. Ein Anruf beim Einwohnermeldeamt bestätigte, dass Herr Mayer bei uns lebte. Außerdem bekam ich die Namen zweier Mitbewohner von Herrn Mayer mitgeteilt, die im selben Haus lebten.

Ich meldete mich dort, erklärte die Situation und bekam die Anschrift und die Telefonnummern von zwei Söhnen und einer Tochter von Herrn Mayer. Zuerst rief ich die Tochter an. „Es tut mir leid, aber es wäre besser, sie würden bei meinem Bruder anrufen", erfuhr ich von ihr. So rief ich bei ihrem Bruder an, dessen Frau mir sagte, dass doch eigentlich der andere Bruder für seinen Vater zuständig sei und ich mich doch dort melden sollte. Ein weiteres Telefonat mit der Frau des ältesten Sohnes ergab, dass ich ihn nicht sprechen könne, da er gerade ehrenamtlich auf dem Rummelplatz Lose für das Rote Kreuz verkaufen würde. Mir platzte schließlich der Kragen. „Versuchen sie auf der Stelle ihren Mann zu erreichen und richten sie ihm aus, ich erwarte ihn bis in einer Stunde in meinem Büro!" schrie ich sie an.

In der Zwischenzeit erreichte mich der Stuttgarter Sozialarbeiter mit Herrn Mayer an meinem Arbeitsplatz. Herr Mayer war sehr verwirrt, wie ich zugeben muss. Aber er war ein harmloser, lieber, alter Herr.

Als beinahe auf die Minute der „liebe" Sohn von Herrn Mayer mein Büro betrat, war das erste, das der alte Herr ihn fragte: „Wieso seid ihr am Sonntag nicht zu meiner Geburtstagsfeier gekommen. Ich hatte alles vorbereitet."
Herr Mayer wollte tatsächlich eine Woche zuvor mit seinen Familienangehörigen seinen achtzigsten Geburtstag feiern. Darauf antwortete der Sohn: „Wir haben auch noch etwas anderes zu tun, als zu dir zum Kaffee trinken zu kommen!

In diesem Moment hätte ich mir gewünscht, dass Herr und Frau Mayer vor etwa sechzig Jahren auch etwas Besseres zu tun gehabt hätten, als diesem charakterlich missratenen Menschen das Leben zu schenken.

Es wurde lange hin und her diskutiert, und schließlich bat ich den Mayer-Sohn sich mit mir nach nebenan zu begeben. Dort bat ich ihn, seinen Vater mitzunehmen und sich um ihn zu kümmern. Doch umsonst, Herr Mayer junior erklärte mir, es sei ihm egal was ich mit seinem Vater mache. Als ich ihm versicherte, ich könne es unmöglich mit meinem Gewissen vereinbaren, diesen Mann nach Hause zu schicken, denn es würde mir Sorgen bereiten, ihn ganz allein auf sich gestellt zu wissen, entgegnete mir Herr Mayer jun. nur lapidar: „Was geht sie denn das an, er ist doch nicht ihr Vater"! „Ich spreche auch nicht als Tochter, sondern als Mensch", entgegnete ich. „Von mir aus lassen sie ihn doch einsperren, ich kann mich jedenfalls nicht um ihn kümmern" beendete Herr Mayers Sohn das Gespräch.

Nachdem Herr Mayer jun. das Zimmer verlassen hatte, telefonierte ich mit dem zuständigen Richter am Vormundschaftsgericht. Dieser veranlasste, dass Herr Mayer in das nahe gelegene Bezirkskrankenhaus zur psychiatrischen Begutachtung gebracht wurde.

Herr Mayer jun. musste dringend wieder zu seinem Losstand zurück, um dort sein gutes Herz zu zeigen. Herr Mayer sen. wurde gleich im Anschluss von einem Krankenwagen und der Polizei ins Krankenhaus eingeliefert. Übrig blieben ein völlig frustrierter Sozialarbeiter und ich. Wir tauschten unsere identische Meinung über die lieben Kinder dieses armen Mannes aus und verabschiedeten uns voneinander.

Als an diesem Abend mein Mann nach Hause kam, saß ich in einer Ecke der Küche auf dem Boden und weinte mir beinahe die Augen aus vor Mitleid mit einem Mann, der in einer äußerst erbärmlichen Zeit, nämlich während und nach dem zweiten Weltkrieg, vier Kinder groß gezogen hatte und nun im Alter von achtzig Jahren von Gott und vor allem von diesen Kindern verlassen wurde.

Am nächsten Tag läutete es draußen und als ich Herrn Mayer jun. vor der Bürotür stehen sah, war ich vor Freude außer mir. Er bereut es sicherlich, dachte ich mir. Und nun kommt er hier her, um mir zu sagen, er möchte seinen Vater doch bei sich haben. Ich öffnete und ließ Herrn Mayer und seine mitgebrachte Ehefrau eintreten. Herr und Frau Mayer nahmen vor meinem Schreibtisch Platz. Als ich saß, nahm Herr Mayer seine Geldbörse aus der Innentasche seines Sakkos, öffnete sie und fragte mich allen Ernstes „Was bin ich schuldig?" Ein Schlag ins Gesicht hätte wahrscheinlich die gleiche Wirkung auf mich gehabt. Es war beinahe, als würde ich explodieren. Doch ich blieb völlig ruhig sitzen, sah Herrn Mayer jun. direkt in sein nicht vorhandenes Herz und ließ ihm voller Überzeugung wissen: „Das, was Sie schuldig sind, können Sie auf dieser Welt nicht bezahlen, und vor allem lässt sich diese Schuld nicht mit Geld aus der Welt schaffen." Ich stand auf, zeigte mit dem Finger auf den Ausgang. Meine Stimme wurde energisch und laut, als ich ihn aufforderte, sofort mein Büro zu verlassen.

Im Hinausgehen wollte er noch einen Zehnmarkschein in unsere Sammelbüchse stecken, aber ich riss die Büchse an mich, starrte ihn an erklärte: „ Ihr Geld kann man keinem Menschen zumuten." Wenn er sich beschwert hätte, hätte ich wahrscheinlich Probleme bekommen. Aber das war mir in dem Moment egal. Herr Mayer jun. sie sind einer der wenigen Menschen auf dieser Welt, die ich abgrundtief verachte.

Da ich sehr viel erzählte, hatten wir nur wenig Zeit uns allgemein miteinander zu unterhalten. Mein Freund, der sich von mir Michael nennen ließ, war überhaupt sehr schweigsam. Ich genoss es, mit ihm über alle diese Dinge zu reden, ohne unterbrochen zu werden.

Mein bisheriges Leben bestand nämlich in erster Linie aus Menschen, denen ich immer zuhören musste. Ob telefonisch oder persönlich, im Büro, auf der Straße, bei mir zu Hause, im Krankenhaus, beim Arzt, egal wo, alle Leute schienen mich als ihren seelischen Mülleimer anzusehen. Das Vertrauen dieser, zum Teil auch völlig fremden, Menschen ehrte mich einerseits, andererseits jedoch kostete es mich gleichzeitig auch viel Kraft. Denn ich versuchte natürlich Lösungen zu finden für die Probleme dieser Leute und wahrscheinlich war es so, dass, während ich mir noch die intensivsten Gedanken machte, der Betreffende längst im Reinen war mit sich und seiner Welt.

Frau Knauss

Frau Knauss war eine liebenswürdige Nachbarin meiner Mutter. Ich selbst mochte besonders ihre bescheidene, gütige und selbstlose Art. Sie war stets guter Laune und hatte für jeden Menschen immer ein offenes Ohr.

Eines Tages erfuhr ich von meiner Mutter, dass Frau Knauss ins Krankenhaus eingeliefert worden war. Zwei Tage später besuchte ich sie und ich glaube, sie hat sich sehr über mein Erscheinen gefreut. Einige Untersuchungen müssten gemacht werden und eigentlich könne sie Krankenhäuser gar nicht leiden, erzählte sie mir. „Nützt nichts Frau Knauss, bleiben sie tapfer und brav, dann besuche ich sie auch wieder" sagte ich. Alles klar!

Zwei Tage später war ich wieder bei ihr und als ich gerade im Begriff war, mich zu setzen, wurde Frau Knauss zu einer medizinischen Untersuchung abgeholt. Ich lasse mich nicht so leicht abschütteln und weil es immerhin möglich war, dass sie vor dem Untersuchungszimmer noch warten musste, ging ich mit. Wir warteten vor dem Untersuchungsraum etwa eine halbe Stunde und ich versuchte, sie mit allen möglichen Dingen zu unterhalten, um ihr Unbehagen zu lindern.

Dann kam der Arzt und holte Frau Knauss schließlich ins Untersuchungszimmer. Ich versprach ihr zu warten. Eine Stunde lang war nichts mehr von ihr zu hören und zu sehen und langsam wurde ich etwas ungeduldig und besorgt. Was hatte man mit meiner Frau Knauss gemacht? Nach einigen Minuten öffnete sich die Tür, der Arzt kam heraus und direkt auf mich zu. „Wir haben Probleme mit der Untersuchung, wir mussten noch mal ein Kontrastmittel spritzen um den Darm besser darstellen zu können. Es wird eine weitere halbe Stunde dauern bis sich das Mittel verteilt hat. Ihre Großmutter wünscht, dass wir Sie zu ihr lassen sollen."

Ich betrat den dunklen Raum, der nur durch eine kleine Lampe stellenweise erhellt war. Frau Knauss lag auf einem Tisch und erfror beinahe. Ich legte ihr meinen Mantel über und streichelte ihre Hände. „Na Großmutter, wie geht's." Frau Knauss konnte schon wieder lachen. „Das habe ich gesagt, damit man sie zu mir lässt. Aber nachdem sie jetzt meine Enkelin sind, sollten wir doch besser ‚du' sagen."

Frau Knauss taten das Kontrastmittel und vor allem die lange Liegezeit auf diesem Tisch nicht gut. Sie musste sich übergeben, und es schien, als wollte sie die böse Krankheit gleich mit herauswürgen. Ich wischte ihr den Mund ab, und versuchte sie so gut als möglich zu trösten.

Es schien ihr unverständlich, wie ich es fertig brachte, einer – wie sie sagte – „alten, kranken und nicht blutsverwandten Frau" die Brechschale unterzuhalten, sie auszuwechseln und ihr den Mund zu säubern. Aber diese Frage stellte ich mir überhaupt nicht. Für mich war diese Hilfe völlig normal. „Wir Menschen sind doch alle miteinander verwandt, und wenn wir nicht zueinanderhalten, wer denn dann!" entgegnete ich kurz.

Endlich konnte die Untersuchung fortgeführt werden. Danach wurde die total erschöpfte Frau in ihr Bett gebracht und ich versprach ihr, am Samstag wieder zu kommen, ich blieb und hielt ihre Hand bis sie eingeschlafen war.

Am darauf folgenden Samstag hatte ich Geburtstag. Das hatte ich bei meinem Versprechen total vergessen. Allerdings, was ich verspreche, das halte ich auch. Mein Mann fuhr mich in die Klinik und ich setzte mich zu Frau Knauss ans Bett. Sie hatte, wie ich es mir auch dachte, auf mich gewartet. Ich erzählte ihr, dass ich Geburtstag habe und dass ich hoffte, sie wäre mir nicht böse, wenn ich deshalb nicht sehr lange bleiben könne.

Natürlich war Frau Knauss nicht böse. Sie gratulierte mir und versprach, „wenn ich wieder zu Hause bin, dann bekommst du ein Geschenk!" „Ich möchte kein Geschenk, außer dass du schnell wieder gesund wirst!" beruhigte ich sie. Wir verabschiedeten uns und ich versicherte ihr, dass ich am Dienstag wiederkommen und sie besuchen würde.

Am Montag war ich bei meiner Mutter, und als ich das Haus verließ, traf ich die Tochter von Frau Knauss. Weinend kam sie auf mich zu. Frau Knauss war gestorben. Es tröstete mich, dass sie, wie ich von ihrer Tochter erfuhr, friedlich eingeschlafen war. Nach der Beerdigung, saß ich in meinem Büro und dachte über Frau Knauss nach. Es war mir nicht wohl dabei, dass ich nicht noch einmal bei ihr war. „Wie kannst du einfach so abhauen, Frau Knauss und überhaupt, du hattest mir doch versprochen, wenn du wieder zu Hause bist, würde ich ein Geburtstagsgeschenk von dir bekommen. Alles gelogen!"

Als ich am nächsten Tag zu meiner Mutter kam, rief sie mir aus der Küche zu, dass für mich etwas abgegeben worden sei. „Es liegt im Esszimmer." Auf dem Tisch lag ein Briefumschlag, an mich adressiert. Als ich ihn öffnete, kam eine goldene Kette mit einem Marienanhänger zum Vorschein, sowie ein kleiner Brief in dem geschrieben stand: „Ich glaube meine Mutter hätte das so gewollt." Unterzeichnet von der Tochter von Frau Knauss.

Ich ging zu ihr und klingelte. Sie öffnete die Tür und ich bedankte mich für das „Geschenk". „Es war ganz seltsam," sagte sie, „gestern habe ich in der Wohnung meiner Mutter einige Dinge geordnet. Ich öffnete die Schmuckkassette meiner Mutter, nahm die Kette heraus und hatte plötzlich das Gefühl, diese Kette müsste ich ihnen im Namen meiner Mutter schenken."

Danke Frau Knauss, aber das mit dem Geschenk war nicht ernst gemeint. Es war für mich bereits ein Geschenk, Sie gekannt zu haben.

Es war für mich immer selbstverständlich, dass ich, wenn es nötig war, für andere Menschen da war. Da fehlte mir nie die Zeit und es gibt ganz offen gesagt, kein größeres Glück auf dieser Welt, als das Lächeln eines Menschen, dem du eine Freude gemacht hast.

Viele sind auf der Suche nach dem großen Erlebnis, vielleicht sollten diese Menschen einmal erleben, wie wunderbar doch das Gefühl ist, jemandem geholfen zu haben.

Mögen es auch die Psychologen „Helfersyndrom" nennen. Ich nenne es Nächstenliebe und Menschlichkeit.

Die Lederlady

Wie jeden Mittag ging ich von der Wohnung meiner Eltern nach Hause. An diesem Tag hatte ich es besonders eilig, da ich mich total erschöpft fühlte und unter starken Kopfschmerzen litt.

Mein Weg führte an der katholischen Kirche vorbei. Als ich den Kirchplatz beinahe hinter mir gelassen hatte, schien mich irgend etwas zu zwingen die Kirche zu betreten.

Bereits beim Öffnen der Türe hörte ich aus der Nische links neben dem Altar, wo man in unserer Kirche die Kerzen kaufen kann, ein lautes Weinen und Schreien. Drehe dich um und geh, befahl ich mir in Gedanken. Aber nein, schnurstracks ging ich zum Ort des Geschehens.

Auf einer Betbank kniete eine junge Frau. Von oben bis unten in Leder gekleidet. Sie weinte und schimpfte unaufhörlich, lautstark und alles andere als christlich. Da ihr nicht nur die Tränen über das Gesicht liefen, bot ich ihr ein Taschentuch an. Sie nahm das Taschentuch, ohne mich dabei eines Blickes zu würdigen und schrie weiter. Dabei blickte sie ständig auf den Herrn, den sie seinerzeit ans Kreuz genagelt hatten, und der, wie ich meine, an ihrem Unglück bestimmt keine Schuld trug.

Es war immer noch Zeit genug für mich, die Kirche wieder zu verlassen. Statt dessen wagte ich es, die junge Frau zu fragen, warum sie denn so weinen muss und ob ich ihr vielleicht irgendwie helfen könne.

Sie drehte den Kopf in meine Richtung, blitzte mich mit hasserfüllten Augen an und schrie „warum willst du mir helfen und wieso glaubst du, dass ausgerechnet du mir helfen könntest?" „Weil ich sonst nicht hier wäre". Meine Antwort schien sie zu überraschen. Doch nur für kurze Zeit, dann fuhr sie mit ihrem Gejammer fort.

„Mir kann niemand helfen, ich bin von allen verlassen, sogar die für mich momentan wichtigste Frau, die ich so benötigte, hat mich allein gelassen."

Inzwischen hatte sich die Kirche gefüllt und alle Leute sahen sich neugierig nach uns um. Ich forderte die junge Frau auf, doch mit mir die Kirche zu verlassen, damit wir uns ungestört weiter unterhalten können. Bereitwillig kam sie mit.

Draußen war es kalt und regnerisch und so schlug ich vor, mich mit ihr in eine hinter der Kirche gelegene Gaststätte zu begeben. Dort bestellte sie sich lauthals ein Bier und ich eine Tasse Kaffee.

„Madame trinkt wohl keinen Alkohol?" bemerkte sie etwas spöttisch. Das ganze Lokal schien nur noch auf uns zu starren. Kein Wunder bei der von ihr angeschlagenen Lautstärke. Ich sagte ihr meinen Namen und sie erlaubte mir, dass ich sie Eva nannte.

Ich wollte wissen, auf wen sie in der Kirche so sehr geschimpft hatte. Sie ließ mich wissen, dass sie Vollwaise sei und dass sie beim Jugendamt eine Betreuerin gehabt hatte, die für sie wie eine Mutter war. Nun sei kürzlich auch diese Frau gestorben und seitdem ginge in ihrem Leben alles schief.

Sie müsse als deutsche Frau auf der Straße schlafen, und niemand würde ihr helfen, sagte sie beschämt. Na ja, meinte ich, das lässt sich wohl klären. Doch in ihrer Verbitterung konnte sie mein Wohlwollen mit ihr nicht nachvollziehen und erwiderte nur kläglich, „da kannst du auch nichts ändern, niemand kann mir helfen!" „Vor dem Lokal steht eine Telefonzelle, von dort aus werde ich für dich jemanden anrufen, der dir bestimmt helfen wird", schlug ich ihr vor, „und dann werden wir ja weiter sehen!"

Gesagt getan, wir verließen das Lokal. Den ekelhaften bösen Blick des Wirtes werde ich nie vergessen und diesen Mann grüße ich seitdem auch nicht mehr, wenn ich ihn sehe.

Von der Telefonzelle aus meldete ich mich beim Sozialamt der Stadt. Ich teilte dem zuständigen Sachbearbeiter mit, dass ich früher beim Diakonischen Werk gearbeitet hatte und erläuterte ihm ausführlich die Situation der bedürftigen Frau. Als er den Namen der jungen „Dame" hörte, traf ihn beinahe der Schlag. „Seien sie vorsichtig, diese Frau ist gefährlich", warnte er mich.

Nun, dass Eva rauschgiftabhängig war, ihr Geld hauptsächlich auf dem Strich verdiente, dass sie Alkohol in rauen Massen trank, rauchte wie ein Schlot und was es sonst noch gab, was mich als „anständigen Bürger" noch hätte schockieren können, hatte sie mir inzwischen bereits selbst erzählt.

Das einzige, dass mir wirklich ein Greuel gewesen wäre, war der Gedanke, dass sie eines Tages vor meiner Wohnungstüre stehen würde. Aus diesem Grund trafen wir uns stets an einem Kriegerdenkmal in unserer Stadt.

Auf jeden Fall wurde mit dem Sozialamt arrangiert, dass Eva ab sofort eine Bleibe haben müsse. „So, was sagst du jetzt?", fragte ich. „Damit ist mir gar nicht geholfen, weil Geld habe ich ja auch keines. Das Sozialamt sagt, dass das Arbeitsamt zuständig ist. Ich müsste einen Antrag auf Bezahlung von Arbeitslosengeld ausfüllen, die notwendigen Bescheinigungen vorlegen und erst, wenn der Antrag abgegeben ist, kann man sozusagen als Vorschuss dann Geld an mich ausbezahlen."

„Mach ich für dich", hörte ich mich sagen. Mein Gott, warum hast du mich verlassen. Warum ich? Darum, irgendwer musste das doch tun.

Wir besprachen wer die letzten Arbeitgeber waren, wo diese ihren Sitz hatten und verabrede-

ten uns für den übernächsten Tag wie vereinbart am städtischen Kriegerdenkmal. Ich besorgte ihr von den letzten drei Arbeitgebern die
Bescheinigungen und machte mich daran den
Antrag für den Sozialhilfebezug auszufüllen.

Zwei Tage später trafen wir uns wieder am
Denkmal. Eva war auf die Minute pünktlich.
Gemeinsam gingen wir den Antrag noch einmal
durch und ich versprach ihr, den Antrag sowie
die Bescheinigungen noch am selben Tag beim
Sozialamt abzugeben. Am Freitag dieser Woche
wollten wir uns dann wieder am Denkmal treffen. Als ich am Freitag ankam, war sie bereits
dort. Sie feierte mit vier Nichtsesshaften, von
denen einer noch vertrauenerweckender aussah
als der andere, ihren ersten „Zahltag".

Ich weigerte mich, zu den Herren Pennern auf
die Bank zu setzen und suchte mir eine extra
Bank. Sie kam zu mir und hielt mir eine Dose
Limonade entgegen. „Für dich, weil du ja, wie
ich weiß keinen Alkohol trinkst", begrüßte sie
mich großzügig.

„Eva, wir haben ungefähr eine Temperatur von
sechs bis acht Grad, ich friere wie wahnsinnig.
Dein eiskaltes Getränk kannst du gefälligst selber trinken". Doch das war kein Problem für
Eva. Sie öffnete die Dose und hielt ihr Feuer-
zeug darunter. „Das wird schon", meinte sie
gutgläubig.
Nun wollte ich wissen, ob alles in Ordnung sei
und sie erklärte mir, dass ihre Unterkunft „Na

ja" und „die Kohle" in Ordnung sei. Na ja, immerhin!

Eva reichte mir die Limodose, die mir beinahe an meinen Fingern fest fror und unterbreitete mir ein für mich absolut entsetzliches Angebot: „Beate, ich bin nicht nur auf Liebe mit Männern fixiert, ich könnte dich auch sehr glücklich machen". Plötzlich überkam mich Panik. Ich stand auf und wollte gehen, doch sie hielt mich zurück. „Wo willst du hin?", fragte Eva. „Heim" antwortete ich kurz. Doch davon wollte sie nichts wissen. Sie bestand darauf, dass ich nicht gehen könne ohne mich wieder mit ihr zu verabreden, vor allem könne ich sie doch nicht einfach so allein lassen. Das mache man doch nicht!

Da bekam ich zum ersten Mal ernsthaft Angst. Eva bedrohte mich. Sie wollte mich vereinnahmen, für immer. „Eva, ich habe dir geholfen. Du hast ein Zimmer und du hast dein Geld bekommen, aber leben, Eva, leben, musst du allein. Ich kann dir dein Leben nicht abnehmen".

Langsam ging ich Schritt für Schritt rückwärts und es war offensichtlich, dass Eva mich in diesem Moment hasste. Ich drehte mich um und ging fort von ihr. Sie schrie unentwegt die schlimmsten Worte hinter mir her. Hatte ich das verdient.

Aber eigentlich stimmt es doch, wir müssen alle selber leben. Keiner kann dem anderen sein Leben abnehmen.

Bis heute weiß ich nicht, was aus ihr geworden ist. Oft denke ich mit schlechtem Gewissen daran, dass ich von ihr fortging. Aber sie lebte in einer anderen Welt als ich. Vielleicht war es nicht genug, was ich für Eva getan habe, aber mehr konnte ich nicht tun.

Etwas, dass sie gesagt hat, geht mir nicht aus dem Sinn. Als ich am Kriegerdenkmal trotz warmer Kleidung so sehr fror, sagte sie zu mir: „du könntest doch auf der Straße, die meine Welt ist, keinen Tag überleben, denn dazu bist zu viel zu schwach!"

Eva, ich frage mich seither öfter, welche unserer beiden Welten mehr Kraft kostet!

Michael, manchmal verstehe ich die Hetzerei in unserem Land auch nicht. Denn erst der Konsumzwang und die Erwartungshaltung unserer Umwelt bringen für uns die Probleme.

Wie viel junge Menschen nehmen sich das Leben, weil sie den vielen Zwängen nicht gewachsen sind und nicht zuletzt deswegen, weil sie innerhalb der Familie keinen Halt finden können.

Heidi Sch.

Heidi ging mit mir zur Schule. Sie war ein Mädchen, das wirklich furchtbar aussah. Sie war sehr dick und hatte meistens fettige Haare. Es war daher nicht verwunderlich, dass sie nicht viele Freunde hatte. Ich kam mit ihr gut aus, jedoch eine große Freundschaft verband auch mich nicht mit ihr.

Nach der Schule verloren wir uns für fünf Jahre aus den Augen. Eines Tages, ich verließ gerade das Haus meiner Eltern, kam mir eine junge Frau entgegen, die ich sehr attraktiv fand. Sie blieb stehen und lächelte mich an. Ich erkannte sie beinahe nicht wieder. Es war Heidi. Bis heute kann ich es kaum glauben, wie sehr sich Heidi verändert hatte. Eine wunderbare Figur, sehr schlank, gepflegtes, leicht gewelltes Haar, dezent geschminkt. „Heidi, du siehst wunderschön aus", rief ich ihr voller Bewunderung zu.

Dann erzählte mir Heidi, dass sie sich verliebt hatte. „Er ist wunderbar, einfach toll, er sieht gut aus, er verwöhnt mich und er ist so furchtbar lieb. Ich bin die glücklichste Frau auf der Welt", schwärmte sie.

„Oh Heidi, das freut mich für dich, wann ist die Hochzeit?" Es sollte nur ein Scherz sein, aber Heidi antwortete „Ich will ihn in den nächsten Tagen fragen, ob wir nicht zusammenziehen können." Wir verabredeten, dass sie sich, sobald sie Näheres wisse, bei mir melden würde. Sie war wirklich sonderbar diese Begegnung. Wir trennten uns und ich war absolut beeindruckt von der schönen Heidi.

Genau fünf Tage später kam Eva-Maria, eine meiner Kolleginnen, in der Firma auf mich zu. Evi, wie ich sie nannte, war mit Heidi und mir zur Schule gegangen. „Hast du schon gehört, ich meine das von Heidi?" wollte sie von mir wissen. „Nein, was ist los?" „Stell dir vor, Heidi hat sich aufgehängt. Auf dem Dachboden ihrer Eltern!" „Aber sie war doch verliebt, wieso hat sie das getan", fragte ich Eva-Maria erschüttert.

Evi erklärte mir den Grund. Der Dreckskerl, in den sie sich unsterblich verliebt hatte, war verheiratet und genau drei Tage nachdem ich Heidi getroffen hatte, hat es ihr ein Bekannter erzählt. Sie hat ihren Freund darauf angesprochen, aber der hat nur gelacht, „Na und, das macht doch nichts" und als Heidi ihn gefragt hat, ob er sich nicht scheiden lassen würde, da hat er sie ausgelacht. „Wegen dir, dass ich nicht lache. Nein Schätzchen, so gut bist du dann auch wieder nicht!" Darauf hin ging sie heim und hat sich auf dem Dachboden erhängt.

Warum musste ich sie treffen, warum musste ich sie so glücklich sehen – um dann zu hören, dass sie sich das Leben genommen hatte. Gerade jetzt, wo aus dem hässlichen Entlein ein schöner stolzer Schwan geworden war. Sie wirft ihr Leben weg, wegen eines Mannes, der es nicht einmal wert ist, dass man ihn hasst. Ich hoffe, dass sein Gewissen ihm schwer zu schaffen macht und dass er noch lange Gelegenheit haben wird, sich Vorwürfe zu machen.

Heidi, noch heute sehe ich dein sanftes Lächeln. Ich bin dir böse, dass du dich nicht bei mir gemeldet hast, vielleicht hätte ich dich trösten können. Du hast nie gelernt zu verlieren, weil du dein ganzes Leben nie etwas besessen hast. Das Schicksal hat es nie gut mit dir gemeint. Ich werde dich nie vergessen.

Frau Neff

Im Alter von 19 Jahren zog ich in eine eigene Wohnung. Es war eine niedliche Zwei-Zimmer-Wohnung in einem Haus, in dem, außer mir nur noch ein paar alleinstehende ältere Frauen lebten. Ich traf nie einen Menschen in diesem Haus. Egal, wann ich nach Haus kam, es war einfach nie jemand sichtbar.

In jedem Stockwerk gab es drei Wohnungen. Bei meinem Einzug klingelte ich an jeder Tür und stellte mich vor. Obwohl ich bereits drei Monate dort wohnte, ging ich in der Mittagszeit immer noch zu meiner Mutter zum Essen (sonst wäre ich wahrscheinlich verhungert) und sie las aus der Zeitung vor, dass bei mir im Haus jemand verstorben sei.

„Was ist los, wer ist gestorben", meine Mutter las die Todesanzeige noch einmal vor und es stellte sich heraus, dass die Mieterin, die mir gegenüber in der gleichen Etage wohnte, gestorben war.

Das machte mich rasend. Als ich nach Hause kam, läutete ich überall im Haus und beschwerte mich darüber, dass man nicht bei mir geklingelt hatte, um mich zu fragen, ob ich mich an einem Kranz beteiligen oder ob ich zur Beerdigung kommen wollte.

Der allgemeine Tenor ging dahin, dass „wir nicht gewusst haben , dass sie das interessieren würde." „Ihr hättet wenigstens fragen können, schließlich leben wir in einem Haus und alle gehören wir der Gattung Mensch an." Von nun an hatte ich keine Probleme mehr im Haus. Man hatte mich akzeptiert. Mit Ausnahme einer Mitbewohnerin. Wann immer ich große Putzwoche hatte, lehnte sie ein Streichholz in die Ecke, um zu kontrollieren, ob ich putze.

Als ich meiner direkten Nachbarin, Frau Neff, davon erzählte, gab sie mir folgenden Rat: „Wenn die „Alte" das nächste Mal wieder ein Streichholz in die Ecke stellt, nehmen sie es heraus und ersetzen sie es durch ein Pfennigstück." Das habe ich getan und von diesem Zeitpunkt an fand ich kein Zündholz mehr.

Frau Neff wartete bald täglich darauf, dass ich nach Hause kam. Einmal hatte sie mir einen Kaffee gekocht, dann wieder hatte sie damit Probleme, ihren Ölofen anzufeuern. Ich mochte Frau Neff gern. Sie war eine ruhige, liebe Frau. Oft klingelte ich und lud sie zu Kaffee und Kuchen oder zum Essen bei mir ein.

Ich lernte damals meinen Mann kennen und in dieser Zeit wurde gemunkelt, dass die Wohnungen der Genossenschaft, die das Haus besaß, alle verkauft werden sollten. Frau Neff war sehr aufgebracht. Ich habe sie immer wieder beruhigt und beschwichtigt, dass sie keine Sorgen haben muss, da in ihrem Alter eine Kündigung sehr unwahrscheinlich sei. Durch Zufall wurde mir eine Wohnung in der Stadtmitte angeboten. Gute Lage, günstige Miete, Zentralheizung (ade, du blöder Ölofen) und relativ neu renoviert.

Ich wartete so lange wie möglich damit, meiner lieben Nachbarin darüber zu berichten und als es so weit war, erfolgte eine erwartete Reaktion von ihr. „Dann möchte ich lieber tot sein, was mache ich nur ohne sie?" Was auch immer ich gesagt hätte, nichts hätte Frau Neff trösten können. Ich habe mit meinem Mann gesprochen, mit meinen Schwestern und mit meinen Eltern darüber diskutiert und alle meinten einstimmig, ich müsse hier an mich denken, Frau Neff schaffe das schon, auch ohne mich.

Zwei Wochen nachdem ich ausgezogen war, ging ich ins Krankenhaus um meinen Vater zu besuchen. Im Flur traf ich den Sohn von Frau Neff. Frau Neff war wie geistesabwesend vor ein Auto gelaufen und lag nun verletzt ein paar Zimmer weiter. Mein Besuch schien gerade rechtzeitig zu kommen. Frau Neff und ihre Zimmerkollegin lagen seit fast einer Stunde auf der Schüssel. Immer wieder hatten die beiden Frauen erfolglos nach der Schwester geläutet.

Da beide Frauen die Beine eingegipst hatten und durch mehrere, schwere Verletzungen bedingt, nicht aufstehen konnten, waren sie ziemlich hilflos. Stuhlgang! Natürlich nahm ich die Bettschüsseln weg, und säuberte beiden Frauen den Po. Nachdem ich noch mit Frau Neff besprochen hatte, dass ich sie bald wieder besuchen werde, ging ich zu meinem Vater, der bereits ungeduldig auf mich wartete.

Es war eigenartig. Ich erzählte ihm was vorgefallen war und nachdem ich mit meiner Geschichte zu Ende kam, sah er mich fragend an und meinte erstaunt: „Du hast zwei vollkommen fremden Frauen den Hintern gewischt?" Ja, zugegeben, ich war immer überempfindlich und ich glaube, ich habe auf meine Umwelt immer wie ein Fräulein Rührmichnichtan gewirkt, aber wenn es darauf ankam, war ich stark.

Ich habe es nicht mehr geschafft Frau Neff zu besuchen. Sie starb kurze Zeit später. Sie hat nicht auf mich gewartet. Auch mit dieser „Schuld" muss ich leben.

Michael wollte wissen, warum ich von Schuld sprach. „Ihr beide seid ein Stück eures Weges gemeinsam gegangen und dann haben sich eure Wege wieder getrennt. Das ist der Lauf des Lebens, denn auf der Erde ist nichts für ewig.

Bilde ich mir das ein oder hatte er das Wort Erde besonders betont?

Frau Fröhlich

Frau Fröhlich war eine Kundin meines Mannes. Viele Jahre erzählte mir mein Mann, dass eine ältere, aber dennoch sehr rüstige Frau, öfters in die Zweigstelle der Firma kam. Nach ihren Einkäufen fuhr er sie, um den Stress der alten Dame zu mindern, wenn es seine Zeit erlaubte, nach Hause.

Aus jedem Urlaub schrieben wir an Frau Fröhlich eine Karte und einige Male glaubte ich, dass es sich vielleicht doch um eine junge, hübsche Kundin handeln könnte.

Eines Tages war Dorffest im Dorf von Frau Fröhlich und mein Mann hatte versprochen, dass er sie besuchen und mich dazu mitbringen würde. Frau Fröhlich war, glaube ich, auf den ersten Blick sehr eifersüchtig auf mich. Sehr genau schien sie mich zu taxieren. Aber ich glaube spätestens nach dem Kaffeekränzchen hatte ich ihr Herz gewonnen.

Ein mit ihr befreundetes Nachbarehepaar war auch bei dem Fest zugegen. Die beiden kümmerten sich bereits seit einigen Jahren, jedoch wie ich sofort fühlte, nicht nur aus reiner Nächstenliebe um sie. Außerdem war noch ein Ehepaar auf dem Fest. Liebe auf den ersten Blick. Diese beiden Menschen empfanden absolute Sympathie für Frau Fröhlich, das war deutlich spürbar.

Frau Fröhlich genoss es sehr, im Mittelpunkt zu stehen. Vier Kinder hatte sie geboren, jedoch hatte sie alle im Krieg oder gleich danach verloren. Den ersten Sohn hatte sie ledig geboren. Damals eine unangenehme Angelegenheit. Es war aber herauszuhören, dass er der Liebling war.

Auf meine Frage, ob es Bilder von ihren Kindern gebe, stand sie auf und bat mich mitzukommen. In einem winzigen Zimmer hing ein Bild von Klemens. Er etwa drei oder vier Jahre alt gewesen sein, als dieses Bild von ihm aufgenommen wurde.

Klemens stand da, mit Tirolerhut und Lederhose. Ein Anblick, der mich zu Tränen rührte. „Wunderschön", sagte ich „Frau Fröhlich, wirklich ihr Klemens war wunderschön". „Ja", sagte sie „und brav war er, so brav." In ihren Augen und ihrer Stimme konnte man die große Liebe zu ihrem Sohn überdeutlich erkennen.

Frau Fröhlich feierte ihren 90. Geburtstag und auch wir waren dazu eingeladen. Es war ein wirklich schönes Fest. Nur ihre Freunde waren eingeladen: Das Nachbarehepaar, das nette Ehepaar Klee mit Tochter und Familie, sowie mein Mann und ich. Während der Feier erzählte Frau Fröhlich, dass sie ihre Großnichte nicht eingeladen hatte, denn die wäre „sowieso nur scharf auf ihr Erbe" und auf die billige Feinstrumpfhose von Aldi könne sie gut verzichten.

Ich erfuhr an diesem Abend folgende traurige Geschichte von Frau Fröhlich: Frau Fröhlich und ihr Mann lebten noch einige Jahre, nachdem sie die Kinder verloren hatten, allein. Dann war auch ihr Mann gestorben. Sie musste sich nun Gedanken darüber machen, wer denn ihr Häuschen erben soll. Sie hatte eine jüngere Schwester, die sie sehr mochte, und diese wiederum hatte eine reizende Tochter. Also würde in jedem Fall „die Richtige", das Haus erben. So wurde durch notarielle Beurkundung das Haus an die Schwester überschrieben. Sie behielt jedoch ein lebenslängliches Wohnrecht in ihrem Haus.

Doch erstens kommt es anders und zweitens als man denkt. Die Schwester starb relativ jung und so erbte deren liebe Tochter das Haus. Doch auch sie starb in sehr jungen Jahren. Nun wurde wiederum deren Tochter (die jedoch alles andere als lieb war) zur gesetzlichen Erbin des Hauses bestimmt. Einmal im Jahr kam sie zu Frau Fröhlich auf Besuch. Jedoch nur, wie Frau Fröhlich sagte „um auszuspionieren, wie gesund ich noch bin." Zum Geburtstag eine Strumpfhose von Aldi und eine Schachtel Pralinen, sonst kam nichts.

Zwei Wochen nach dem Geburtstag von Frau Fröhlich, rief die nette Frau Klee an und berichtete mir, dass Frau Fröhlich die Kellertreppen hinunter gestürzt war und im Krankenhaus lag. Da sie sonst niemand hatte, der sich um sie kümmerte, besuchten wir sie abwechselnd. Einen Tag Frau Klee, einen Tag ich. Frau Fröhlich wurde wieder nach Hause entlassen, aber bereits nach kürzester Zeit stürzte sie wieder und diesmal sah es ziemlich bedenklich für sie aus.

Als Frau Klee und ich sie wieder abwechselnd im Krankenhaus besuchten, wurden wir von der Ärztin angesprochen. Sie schlug vor, Frau Fröhlich ins Altersheim zu bringen, wo sie anständig versorgt werden würde. Nun plötzlich war die Großnichte da. Denn jetzt ging es darum, das leer gewordene Haus zu verhökern.

Frau Fröhlich wollte nicht in ein Altersheim, sondern lieber in ihr Häuschen zurück. Frau Klee und ich brachten unsere gesamte Überredungskunst auf, um sie davon zu überzeugen, dass es für sie viel besser wäre, doch beaufsichtigt und versorgt zu sein.

Ich besorgte einen Platz in einem Seniorenheim gleich in meiner Nachbarschaft. Dann kam der Tag, an dem Frau Fröhlich verlegt wurde. Wir hatten ihr die wichtigsten Dinge mitgebracht. Eine Madonna aus Holz, ihr Kruzifix und noch ein paar Dinge an denen sie sehr hing und ich versprach ihr, dass wir am nächsten Tag noch das Bild von Klemens bringen werden. Sie nahm meine Hand und bat mich, „gell, wenn ich sterbe, dann nimmst du das Bild vom Klemens."

„Es wäre mir eine Ehre und wirklich eine große Freude, wenn ich ihren Klemens bekommen könnte", antwortete ich.

Bis spät abends blieb ich bei ihr, dann bemerkte ich, dass Frau Fröhlich sehr müde wurde. Ich half noch mit, sie ins Bett zu legen und dann verabschiedete ich mich bis zum nächsten Morgen.

Sehr früh am morgen läutete bei mir das Telefon. Es war das Altersheim. Frau Fröhlich lag im Sterben. Ich ersuchte meinen Mann, die Eheleute Klee anzurufen und beeilte mich, zu Frau Fröhlich zu kommen.

Als ich ankam packte der Notarzt gerade seine Instrumente ein, er sah mich an und meine, nur mit den Augen gestellte Fragen beantwortete er mit Kopfschütteln. Oh Frau Fröhlich, warum musste das sein. Sie lag im Koma, atmete sehr heftig und der Brustkorb hob und senkte sich sehr stark. Der Arzt war sich sicher, es kann sich allenfalls noch um Stunden handeln, bis sie „heimgehen" würde.

Ich saß an ihrem Bett, hielt ihre Hand und redete beruhigend auf sie ein. Ich versuchte sie zu überzeugen, dass sie keine Angst vor dem Tod haben müsse, denn ihre Hölle habe sie bereits auf der Erde durchlebt. Immer weiter redete ich auf sie ein. „Frau Fröhlich, nun können sie endlich ihre Kinder wiedersehen, vor allem ihren Klemens!"

Plötzlich hörte das heftige Stöhnen auf, sie atmete ganz gleichmäßig und ruhig. Ich glaube, ich hatte das Richtige gesagt. Ganz friedlich lag sie da, als sich die Tür öffnete und die Schwester mit unserem Stadtpfarrer das Zimmer betrat. „Ich weiß, dass Frau Fröhlich katholisch ist, darum habe ich den Herrn Pfarrer gerufen", erklärte die Schwester. Oh Himmel tu dich auf, dachte ich mir, ich wusste nämlich aus einer ihrer Erzählungen, dass sie mit den Herren Pfarrers auf Kriegsfuß stand. Als es ihr nämlich während der Kriegsjahre und danach so schlecht ging, bat sie den Herrn Pfarrer, der gerade am Tisch saß und nicht wusste, welchen der vielen Leckerbissen er zuerst in den Mund schieben sollte, um etwas zu Essen für sich und ihre Kinder.

Doch der Herr Pfarrer tat ihre Bitte mit der schlichten Bemerkung: „Tut mir leid, aber uns geht es allen nicht gut in dieser Zeit", ab.
Seit diesem Tag war ihr Verhältnis zu den Herren in Schwarz doch sehr getrübt. Knapp ein halbes Jahr später kam der Herr Pfarrer persönlich an ihre Haustür, um für die Gemeinde zu sammeln. „Da habe ich gesagt, wenn du Hurenpfaff nicht gleich von meinem Grundstück verschwindest, dann tret' ich dich in deinen Hintern". Dies zum Thema Frau Fröhlich und die Geistlichen.

Nun also lag sie wehrlos in ihrem Bett und mir war es nicht wohl in meiner Haut. Einerseits bin ich selbst katholisch und weiß, dass nach der kirchlichen Lehre die letzte Ölung ein wichtiges Sakrament ist und andererseits dachte ich mir, wenn Frau Fröhlich merkt, was los ist, wird sie sich bestimmt höllisch ärgern.

Der Herr Stadtpfarrer begann nun mit der letzten Ölung und mittendrin begann Frau Fröhlich erneut zu stöhnen und sich wie unter Schmerzen zu winden. Am liebsten hätte ich den Pfarrer von ihrem Bett weggerissen. Der stand ungerührt an ihrem Bett und erzählte ihr, dass unser Gott ein guter Gott sei. Dass er auch so gut wäre, die Frau Fröhlich, und sollte sie noch so sehr gesündigt haben, gnädig aufzunehmen.

Endlich war er fertig und packte seine Utensilien ein. Kaum war er weg von ihrem Bett, setzte ich mich neben Frau Fröhlich und sprach ihr wieder Trost zu. Ich gab zu, dass sie sich zu Recht aufgeregt hätte und erklärte, sie könne sich wieder beruhigen, da der „Herr Pfarrer" gegangen war. Dann erzählte ich ihr, dass wir die Eheleute Klee angerufen hätten und die würden bestimmt auch gleich kommen, dafür müsse sie sich jedoch beruhigen. Frau Fröhlich war folgsam, sie atmete wieder normal und lag bereits friedlich in ihrem Bett, als sich die Tür öffnete und die Eheleute Klee eintraten. Frau Klee weinte. Ich hielt einen Finger vor den Mund und schüttelte den Kopf. „Frau Klee, sie müssen nicht weinen, Frau Fröhlich geht zu ihrem Klemens!" Man verlegte Frau Fröhlich an diesem Samstag noch ins Krankenhaus.

Eine ganze Woche verging, in der Frau Klee, deren Tochter und ich, uns abwechselten, um bei Frau Fröhlich zu wachen. Wir wollten sie nicht alleine lassen in ihrer letzten Stunde. In der fünften Nacht starb Frau Fröhlich. Zuvor hatte sie, ohne jedoch das Bewusstsein wieder-zuerlangen, mit ihrer Freundin zusammen ei-nen Teil eines Vater Unser gebetet. Dann hörte sie einfach auf zu atmen.

Frau Klee, die vom letzten Wunsch unserer Frau Fröhlich wusste, bat die Erbin, mir das Bild von Klemens zu geben. Doch diese zog es vor, den kleinen Klemens in irgendeinen Abfall-container zu werfen.

Ich glaube, dass Menschen, die gierig sind, kein Herz haben können. Diese Menschen scheinen ohne Gewissen und ohne Liebe zu leben. Es wäre mir wirklich eine Freude gewesen, den kleinen Klemens wenigstens auf diesem Bild weiterleben zu lassen.

Von solch gierigen Menschen halte ich nicht viel, denn den Sinn des Lebens haben solche Leute noch nicht begriffen.

Frau Wenz

Mein Mann und ich waren uns einig, dass wir eine größere Wohnung suchen sollten.

Ein paar Tage später klingelte im Diakonischen Werk das Telefon. „Ja, hier spricht Frau Wenz, ich suche für eine meiner Wohnungen neue Mieter und da hierfür nur christliche, anständige und zuverlässige Menschen in Frage kommen, dachte ich mir, ich rufe bei der Kirche an. Vielleicht kennen sie jemanden, der in Frage kommt".

„Oh Frau Wenz, so ein Zufall, ich suche eine Wohnung", entgegnete ich ihr voller Freude.

Ja, so war das. Also vereinbarten wir einen Termin und sahen uns zusammen mit Frau Wenz die Wohnung an. Wir entschlossen uns, die Wohnung zu nehmen.

Beim Abschluss des Mietvertrages erklärte mir Frau Wenz, dass sie in der Küche eine Reihe der unteren Fliesen (diese waren zu dem Zeitpunkt sicher 30 Jahre alt und es war deshalb schwer Ersatz zu bekommen) herausnehmen habe lassen, um damit die beschädigten Fliesen im Sichtbereich zu ersetzen. Da wir eine Einbauküche kaufen wollten, interessierte uns dies nicht weiter. Wir lebten sechs Jahre in der Wohnung und fühlten uns sehr wohl.

Als ich jedoch nach Monaten aus der Klinik entlassen wurde, erschien mir die Wohnung im Erdgeschoss, über deren Fenstern die Balkonunterseiten der darüber liegenden Wohnung lag, zu dunkel. Die Dunkelheit dieser Wohnung erdrückte mich. Mein Mann und ich beschlossen daher, aus dieser Wohnung auszuziehen, sobald wir eine neue, unseren Vorstellungen eher entsprechende Wohnung finden werden.

Einige Wochen nach unserem Entschluss, half das Schicksal etwas nach. Denn uns wurde mitgeteilt, dass die Miete um dreißig Prozent erhöht werden sollte.

Wir hatten wie so oft Glück, denn bereits eine Woche später hatten wir eine neue Wohnung gefunden. Nachdem der Mietvertrag mit dem neuen Vermieter unterzeichnet war, kündigten wir unsere bisherige Wohnung. Wir vereinbarten mit Frau Wenz, dass sie die Wohnung besichtigen könne und holten sie in ihrem Haus ab.

Die Wohnung wurde inspiziert und alles schien in Ordnung zu sein. Doch eine Woche später bekamen wir einen Brief von unserer Vermieterin. Darin wurde uns mitgeteilt, die Tochter der christlichen Frau Wenz habe die Mietangelegenheiten übernommen. Es wurde beanstandet, wir hätten eigenmächtig eine Reihe Fliesen aus der Küche entfernt. Die Wand müsste neu gefliest werden und wir hätten die Kosten dafür zu tragen.

Außerdem sollten wir unsere gerade erst neu verlegten Teppichböden herausreißen, oder Geld dafür bezahlen, dass die Teppichböden vom Vermieter entfernt werden. Wir boten an, die Auslegware unserem Nachmieter kostenlos zu überlassen. Die Tochter von Frau Wenz war zu keinem Gespräch bereit. Sie war fest entschlossen, ungerecht und gierig zu sein. Einfach skrupellos.

Wir gingen selbstverständlich zum Anwalt. Mein Mann und ich bestanden darauf, dass Frau Wenz dazu angehört wird. Jedoch erklärte man uns, dies sei laut Schreiben der Gegenseite nicht möglich. Begründung: Frau Wenz müsse sich schonen. Meine Begründung: Frau Wenz wollte einerseits nicht lügen, sie wollte andererseits ihrer Tochter „Goldmarie" aber auch nicht ins Handwerk pfuschen.

Es ist mir mein ganzes Leben lang immer zu mühsam gewesen mich zu streiten. Wir haben einen Vergleich geschlossen.
Später erfuhren wir, dass sich unsere Nachmieter sofort nach Besichtigung der Wohnung bereit erklärt hatten, die Teppichböden in der Wohnung übernehmen zu wollen.

Michael, daran sieht man wieder, dass die Menschen, die den Umgang mit christlichen Menschen suchen, dies deshalb tun, damit sie, wenn sie sich schlecht, verlogen oder unehrlich benehmen, auf Menschen stoßen, die für solch ein Verhalten auch noch Verständnis zeigen.

Frau Wenz und Tochter, sie scheinen zu vergessen, dass auch euer letztes Hemd keine Taschen hat.

Und es kommt eher ein Kamel durchs Nadelöhr, als ein Reicher in den Himmel, erinnere ich mich.

Da mich diese Ungerechtigkeit bis heute noch mit Wut erfüllt, wollte Michael wissen, ob es noch etwas gibt, dass mich so wütend macht.

Herr Warz

Natürlich darf ich Herrn Warz in meiner Geschichte nicht vergessen. Bei diesem Mann hatte ich mich um eine Stelle beworben. Wir führten ein gutes Gespräch und er ließ erkennen, dass er sich trotz der Tatsache, dass er fast siebzig Bewerbungen erhalten hatte, spontan, noch während des Bewerbungsgespräches, für mich entschieden habe. Ich sollte ihm in den nächsten zwei Tage Bescheid geben ob ich für ihn arbeiten wollte. Im Verlaufe der Verhandlung erwähnte Herr Warz er bezahle seinen Mitarbeitern ein dreizehntes und vierzehntes Monatsgehalt sowie zusätzlich Urlaubsgeld.

Zuletzt besprachen wir noch die Gehaltsfrage und er war mit meiner Forderung einverstanden.

Zwei Tage später rief ich ihn an und wir vereinbarten, dass ich zum nächstmöglichen Termin bei ihm anfangen würde. Natürlich wollte ich von Herrn Warz erst eine schriftliche Bestätigung, bevor ich meinen Job kündigte. Als ich nach einem Arbeitsvertrag verlangte, erklärte mir Herr Warz, „es ist alles klar, den bekommen sie sobald sie da sind." Eine schriftliche Zusage für den neuen Arbeitsplatz wollte er noch umgehend absenden und das tat er auch.

Noch in diesem Telefonat erklärte mir Herr Warz, dass ihn an mir besonders mein Verständnis und die große Liebe meinen Eltern gegenüber (dies hätte er aus unserem Gespräch entnommen), sowie meine offene Art beeindruckt hätten.

Meine bisherige Stelle kündigte ich und begann meine neue Arbeit zum vereinbarten Termin. Herr Warz war jedoch am ersten Tag nicht im Büro und da überkam es mich wieder, dieses seltsame Gefühl, meine Vorahnung. Auch am zweiten Tag sah ich ihn nur kurz. „Herr Warz, ich wollte sie an meinen Arbeitsvertrag erinnern." „Oh ja, aber nicht heute, ich bin schrecklich in Eile, der Arbeitsvertrag ist bereits ausgefertigt, wir müssen ihn nur noch unterschreiben," verabschiedete er sich eilig von mir.

Am dritten Tag war er wieder nicht da und als er am vierten Tag nach kurzer Zeit wieder gehen wollte, hatte ich die Faxen dicke. „Herr Warz, bitte nur fünf Minuten für ein Gespräch", bat ich ihn höflich.

Widerstrebend setzte er sich mit mir in sein Büro. Er nahm den Arbeitsvertrag aus der Schublade und hielt ihn mir entgegen. „Da wir vereinbart haben, dass ihre Arbeitszeit variabel sein soll, habe ich ihnen einen Bruttostundenlohn eingetragen."

Ich frage mich bis heute, wenn mich dieser Mann für völlig bescheuert gehalten hat, warum hat er mich dann eingestellt. Als ich nämlich diesen Stundenlohn per Kopfrechnen in etwa überschlug und hochrechnete, stellte ich fest, dass mir Herr Warz um DM 300 weniger bezahlen wollte als vereinbart. Ich fragte ihn nach einer Erklärung, die ich prompt auch bekam.

„Sie bekommen genau das Geld, das sie verlangt haben. Nur eben auf vierzehn mal." Für mich schien die Welt unterzugehen. Das Blut rauschte so in meinen Ohren, dass ich glaubte taub zu werden. „Das gibt es doch wohl nicht, wir haben ein bestimmtes Monatsgehalt vereinbart, wir sprachen niemals von einem Jahresgehalt!" Ich habe monatliche Ausgaben, monatliche Zahlungen zu leisten, da nützt es mir nichts, wenn ich im April und im November mehr Geld bekomme. Zudem haben sie von vierzehn Gehältern und von Urlaubsgeld gesprochen, das ich so niemals erhalten werde", antwortete ich ihm verärgert.

Herr Warz erklärte mir, dass seine andere Mitarbeiterin gemeutert habe, als sie erfuhr, wie viel ich verdienen würde. „Das ist natürlich ein Argument, das einleuchtet. Vielen Dank für das Gespräch Herr Warz!" Ich warf ihm den nicht unterschriebenen Arbeitsvertrag auf den Schreibtisch und verließ die Stätte des Grauens.

Er liebt angeblich Ehrlichkeit und Solidarität, wie ich bei meinem Vorstellungsgespräch erfuhr.

Michael fragte mich, ob ich noch sehr böse bin auf diesen Herrn Warz.

Weißt du Michael, eigentlich, bin ich mehr auf mich selbst böse. Denn bei der Arbeit, die ich zuvor hatte, war ich im Grunde sehr glücklich. Ein wunderschönes Büro und es war von meiner Wohnung aus in zwei Minuten zu erreichen. Die Chefs, die Kollegen und die Arbeit waren wirklich toll und ich bin nur von dort gegangen, weil dies einfacher war, als mich durchzusetzen. Heute würde ich kämpfen. Aber wie so oft ist es dazu zu spät.

Herr Hauser und Herr Kasper

Herr Hauser kam als neuer Mitarbeiter, als ich bereits mehr als vier Jahre in meinem Steuerbüro gearbeitet hatte und nach kurzer Zeit wurden er und Herr Kaspar, nachdem sie die Prüfung zum Steuerberater bestanden hatten, zu Juniorchefs gekrönt.

Es ist sehr wohl üblich, dass im Normalfall neben den laufenden Gehältern eine Gewinnbeteiligung vereinbart wird. Selbstverständlich sollte diese so hoch wie möglich sein. Also setzten sich Herr Hauser und Herr Kasper zusammen und berieten, wie sie denn dies erreichen konnten.

In der Zeit, bevor dies geschah, war es fast das Paradies auf Erden, in diesem Büro zu arbeiten. Man muss sich vorstellen: Fünfzehn Frauen zusammen auf einem Haufen und es gab niemals Auseinandersetzungen. So einmalig war das Betriebsklima. Dies bewirkte natürlich auch, dass alle zusammenhielten. Wenn also eine Kollegin nicht mit ihrer Arbeit fertig wurde, half die andere. Selbstverständlich wurde auch Konversation gepflegt. Jedoch immer erst dann, wenn die Arbeit erledigt war, denn Pflichtbewusstsein und Engagement wurde groß geschrieben.

Nun kamen Herr Hauser und Herr Kasper ins Spiel. Sie begannen damit, eine der Frauen gegen die andere auszuspielen. „Wenn die nicht mehr miteinander reden, dann ist das nur von Vorteil", so deren Überlegung. Allerdings war es in Wahrheit so, dass jede nur noch ihre Arbeit erledigte und freiwillig wurde kein Stück extra getan. Ich mache meines und du machst deines. Jede zog nur noch am eigenen Strang, nicht mehr wie vorher, alle gemeinsam an einem.

Wer geglaubt hätte, dass sich damit Privatgespräche erledigt hätten, der irrte. Nun wurde über die anderen getuschelt, geschimpft und getratscht. Plötzlich waren alle überfordert, unzufrieden und es liegt in der Natur der Sache, dass wir für Dinge, die wir nicht mehr gerne machen, mehr Zeit benötigen.

Herzlichen Glückwunsch Herr Hauser und Herr Kasper. Toll gemacht!

Was mich betrifft, ich war im Sekretariat beschäftigt, schrieb die Bilanzberichte für die verschiedenen Sachbearbeiterinnen. Jetzt wurde automatisiert und jeder Mitarbeiter bekam seinen eigenen Computerarbeitsplatz. Das war sehr sinnvoll, denn in der Zeit, in der die Mitarbeiter die neuen Zahlen per Hand auf ein Konzept übertrugen, konnten sie diese genauso gut im Computer eingeben.

Im Klartext bedeutete dies jedoch, dass die Sachbearbeiter immer mehr Arbeit bekamen, während wir vom Sekretariat immer weniger zu tun hatten. Mein Büro teilte ich mit einer jüngeren Mitarbeiterin, die auch immer unzufriedener wurde. Beinahe jeden Tag klagte sie über die schlimmsten Kopfschmerzen. Sie dachte, diese Schmerzen würden durch den Ozonsmog ausgelöst, verursacht durch den Laserdrucker, Kopierer und andere Geräte, die in unserem Büro konzentriert waren.

Irgendwann hielt ich die Klagen nicht mehr aus. So ging ich zu Herrn Hauser und fragte, ob es nicht möglich sei, wenigstens den Kopierer, der zwischenzeitlich wirklich von vielen Mitarbeitern ständig benutzt wurde, aus unserem Büro zu entfernen. Ach es war wirklich nett, was ich zu hören bekam. Hätte ich für alle inzwischen zwanzig Mitarbeiter eine Gehaltserhöhung gefordert, hätte das Theater nicht schlimmer sein können.
Das Verhältnis innerhalb des Büros glich einem Hexenkessel. Deshalb suchte ich eine andere Arbeitsstelle, anstatt mich dafür einzusetzen, dass die Stimmung wieder besser wurde. Flucht kann aber niemals der richtige Weg sein.

An meinem letzten Arbeitstag kam eine Kollegin zu mir ins Zimmer und ersuchte mich um Rat. Sie wisse nicht, wie sie sich verhalten solle, denn irgend etwas liefe nicht so recht.

Ich hätte sagen sollen „na und, was geht das mich an". Ich hätte sagen sollen „Heute ist mein letzter Arbeitstag und was in diesem Büro geschieht ist mir ... egal." Aber nein, ich konnte es mal wieder nicht lassen!

„Was gibt es denn?", fragte ich zurück. Zu spät. Die Kollegin erzählte mir, dass die beiden Juniorchefs vorne am Empfang die Anweisung gegeben hätten, einen der Seniorchefs sozusagen auszuspionieren. Sie verlangten beispielsweise, dass es notiert wird, wann er zum Dienst kommt und zu welcher Zeit er das Büro wieder verlässt.

Sie fand diese hinterhältigen Absichten nicht gut, aber natürlich wollte sie sich auch den Mund nicht verbrennen. Daher kam sie zu mir, weil sie wusste, ich halte meine Klappe nicht. Es war für mich ein Riesenkampf. Was tun? Einerseits hätte ich sagen können: „Es geht mich wirklich nichts mehr an, denn heute ist mein letzter Arbeitstag." Wir hätten gemütlich Abschied gefeiert und „nach mir die Sintflut!" Andererseits brachte ich es nicht übers Herz, meinen lieben Seniorchef, der immer absolut liebenswürdig, freundlich und fair war, in einen Hinterhalt laufen zu lassen.

Ich blieb in meinem Büro sitzen und während ich noch darüber nachdachte, was ich tun sollte, kam mein Seniorchef zu mir ins Büro. Er setzte sich neben mich und wollte sich von mir verabschieden.

Er wäre absolut traurig darüber, dass ich ginge, bekannte er mir. Das war das Stichwort. Ich erzählte ihm was sich zugetragen hatte, in der Hoffnung, es wäre das Richtige. Er stand auf und verließ mein Büro.

Eine halbe Stunde später wurde ich zum anderen Seniorchef gerufen. Als ich das Büro betrat waren dort bereits Herr Kasper und die beiden Kolleginnen vom Empfang versammelt.

„Haben sie Herrn Junke die Sache mit der bewussten Anweisung erzählt", wollte mein Chef von mir wissen. Vielleicht wäre ich besser weggekommen, wenn ich irgend etwas gestammelt oder geschwiegen hätte. Aber ich habe einfach ganz klar „ja" gesagt und das war schlecht. In den letzten fünf Jahren habe ich meinen Chef nie laut erlebt, aber jetzt schrie er mich an, „Warum konnten sie ihren Mund nicht halten?" „Das hat mit Solidarität zu tun" antwortete ich. Ich wusste, wenn ich Reue zeigen würde, wäre es besser, aber ich konnte es einfach nicht.

„Man wollte Herrn Junke schaden und ich wollte dies vermeiden", verteidigte ich mich. Mein anderer Seniorchef fing wieder an zu brüllen „Sie haben überhaupt keine Ahnung, um was es hier ging!" (Wieder frage ich mich, für wie blöd halten einen die anderen eigentlich. Es wäre interessant gewesen zu fragen, für was diese Art der Spionage denn gut sein sollte. Aber ich wollte nicht mit meinem Leben spielen). Trotzdem sagte ich stolz: „Das würde ich für Herrn Junke immer wieder tun." Daraufhin erfolgte ein drohendes „Verlassen sie sofort mein Büro!" und das war es dann. Das war der Dank für Überstunden, die ich nicht aufgeschrieben habe, für Pflichtbewusstsein über den Feierabend hinaus, dafür, dass ich jede Stunde die ich krank war, wieder freiwillig nachgearbeitet habe und das Schlimmste ist, dass es mir bis heute leid tut, denn ich mochte beide Seniorchefs gerne. Ich wollte keinen der beiden Chefs verletzen.

Michael schien meine Trauer zu spüren. Er fragte mich, warum ich denn immer wieder den Drang verspüren würde, mich für andere einzusetzen, anstatt einfach nur meine Interessen zu vertreten.

Eine gute Frage. Wahrscheinlich liegt es daran, dass ich schon als kleines Kind sehr viel Verantwortung habe tragen müssen. Meine Eltern waren beide berufstätig und ich sah mich stets als der Beschützer meiner jüngeren Schwestern.

Es ist gut möglich, dass ich für diese Aufgabe einfach zu jung war. So früh einer so großen Verantwortung ausgesetzt zu sein, hat mich bestimmt nachhaltig geprägt. Alle die, die vermeintlich schwächer waren, alle die nicht anwesend waren, um sich selbst zu wehren und alle die von denen ich wusste, sie können sich nicht selbst verteidigen, für die war ich da.

Wenn dann alles vorbei war, saßen diejenigen, die es betraf, da und lächelten freundlich und ich war die Dumme.

Noch bevor Michael es sagen konnte, sagte ich es: „Ich weiß, dass ich niemanden daraus einen Vorwurf machen kann, nur mir selbst. Ich muss lernen, dass ich nicht Robin Hood bin oder eine ähnliche Figur bin".

Vor ein paar Wochen habe ich den bösen-Brüller-Seniorchef wieder gesehen.

Er hat mich gegrüßt und mir sogar ein wenig zugewinkt. Vielleicht ist er mir doch nicht mehr so sehr böse?

Wir alle sollten lernen, einander zu verzeihen.

Schlappi

In der Zeit, als ich wegen meines Rückens im Krankenhaus lag, lernte ich auch Schlappi kennen. Da ich drei Wochen lang, nur auf dem Rücken liegen durfte, hatte meine Zimmergenossin beschlossen, einige Mitpatienten dazu zu bringen, mir die Zeit zu vertreiben. Vielen Dank, denn ich glaube, nur deshalb konnte ich diese Zeit so unbeschadet überstehen.

Einer meiner Mitpatienten war Schlappi. Ich nannte ihn so, weil er wie die meisten Bandscheibenoperierten Probleme hatte, nach der Operation „anständig" zu gehen. Schlappi war morgens der erste. Monika, meine Bettnachbarin, kochte bereits in aller Frühe Kaffee und Schlappi kam und trank mit uns gemeinsam die erste Tasse.

Wenn er keine Anwendungen hatte oder gerade auf der Terrasse rauchte, war er in meinem Zimmer. Er erzählte Witze und heiterte mich wirklich auf. Es war eine Gruppe mit vier Personen, die mein Zimmer als Treffpunkt gewählt hatte. So war immer etwas los und es wurde mir nie langweilig.

An einem Abend bestellten sie fünf Pizzas auf mein Zimmer. Schlappi trennte den Teigrand in einem Stück ab und hängte diesen an den Galgen meines Bettes. Da ich nicht aufstehen und auch nicht meine Beine bewegen konnte, war es mir nicht möglich, das Ding dort wieder abzunehmen. Die Freude der Krankenschwester, die am nächsten Morgen den Teigrand abnehmen und beseitigen musste, stand ihr ins Gesicht geschrieben.

Einmal tranken sie drei oder vier Flaschen Wein und Sekt und Schlappi ließ die leeren Flaschen auf meinem Nachttisch stehen. Die Schwester rückte am Morgen zum Waschen an und hätte mir bestimmt liebend gerne vor Wut das Wasser der Waschschüssel in mein Bett geschüttet.

Einige Male bekam ich mit, dass Schlappis Frau Iris recht eifersüchtig war. Denn es kam vor, dass sein Zimmergenosse hereinstürzte und Schlappi bat, doch sofort seine Frau zurückzurufen, denn diese wäre ungehalten darüber, dass er nie in seinem Zimmer wäre.

Es war sehr schwer verständlich für mich, warum seine Frau denn so wenig Verständnis zeigte. Dann brachte er seine Frau einmal mit in mein Zimmer. Ich freute mich, sie endlich kennen zu lernen und hoffte, dass nun alle Missverständnisse ausgeräumt werden konnten. Im Laufe der Zeit jedoch wurde klar, dass die Ehe der beiden nicht mehr sehr harmonisch war und deshalb hatte sie wohl Angst.

Schlappi blieb drei Wochen und wurde dann zur Anschlussheilbehandlung entlassen. Trotzdem rief er an und besuchte mich an einem Wochenende. Das Fiasko seiner Ehe spitzte sich in der Zwischenzeit dramatisch zu und er erzählte mir eines Tages am Telefon, dass er sich von seiner Frau getrennt hatte. Diese Entscheidung hatte mit mir nicht das Geringste zu tun, jedoch war seine Frau gerade davon felsenfest überzeugt.

Iris, vielleicht war es doch deine eigene Schuld, vielleicht war es nicht richtig, dass du Schlappis Sohn aus erster Ehe schikaniert hast wo immer es möglich war. Es war bestimmt auch nicht nett, dass der Junge und sein Vater sechs Jahre kein anständiges Essen bekamen.

Es ist wahrscheinlich auch nicht förderlich für eine Ehe, wenn die Ehefrau bei jeder Gelegenheit fremdgeht. Aber wie auch immer. Iris hatte den Schuldigen gefunden und das war ich.

Drei Wochen nachdem Schlappi seine Frau verlassen hatte, musste ich noch mal operiert werden. Am Abend vor der Operation klingelte spät abends das Telefon und Iris war am Apparat. Sie hatte getrunken.

„Ich wünsche dir, dass du morgen bei der Operation elend verreckst!", beschimpfte sie mich.

In meinem Leben hatte ich zuvor und auch danach nie mehr so etwas Entsetzliches erlebt. Noch nie hatte mir irgendwer etwas so Grausiges gesagt. Aber Iris, ich verzeihe dir. Denn in der Zwischenzeit habe ich so viele Dinge über dich erfahren, dass ich weiß, dass du weder vor dem Tod, noch vor dem Leben Respekt hast. Menschen und Tiere bedeuten dir nichts. Ich glaube du kannst dich nicht einmal selbst lieben.

Schlappi ist übrigens seit ein paar Jahren wieder verheiratet. Er hat mit seiner jetzigen Frau noch eine kleine Tochter bekommen. Seine „neue" Frau hat seinen Sohn von Anfang an verwöhnt und ihn sofort akzeptiert.

Menschen wie Iris gibt es viele, diese Leute suchen die Schuld bei jedem, nur nicht bei sich selbst.

Marlies

Als ich damals im Krankenhaus lag, wurde mir Marlies vom Schicksal aufgezwungen.

Sie war bei der Telefonauskunft beschäftigt und als ich für eine Zimmergenossin dort anrief, wurde ich mit Marlies in ein langen Gespräch verwickelt. Sie erzählte mir in dieser Zeit vieles aus ihrem Leben, das ihr auf dem Herzen lag und als ich das Gespräch beenden musste, bot sie mir an, dass wir bei Gelegenheit doch wieder miteinander telefonieren könnten.

Als ich ihr meine Telefonnummer mitteilte, erkannte sie die Nummer der Klinik in der ich lag. „Arbeiten sie dort?" fragte Marlies, „Nein ich bin hier Patient", antwortete ich. „Oh, da erzähle ich ihnen von meinen Sorgen und sie liegen im Krankenhaus, wie egoistisch von mir", entschuldigte sie sich.

Marlies besuchte mich anschließend im Krankenhaus. Unsere Bekanntschaft hat zehn Jahre gedauert und in diesen zehn Jahren hat nur Marlies geredet. Sie hat sich an meiner Schulter ausgeweint. Zugegeben, Marlies hat es in ihrem Leben nie leicht gehabt. Zwei gescheiterte Ehen, zwei Kinder hat man ihren Exmännern zugesprochen. Sie wohnt mit Leuten im Haus, die nicht nett zu ihr sind und sie nicht mögen. Ihre Arbeitskolleginnen sind alles andere als umgänglich, denn niemand hat Verständnis für Marlies.

Mit ihrer Familie kommt Marlies ebenfalls nicht klar, weil die alle so ekelhaft zu ihr sind, wie sie erzählte. Freunde hatte sie auch keine. Aber sie hatte mich. Zehn Jahre lang rief sie an und jammerte mich voll.

Als mein Vater starb erschien sie nicht zu Beerdigung. In dem schlichten Satz, „es tut mir leid, dass dein Vater gestorben ist", erschöpfte sich ihr Mitgefühl mit mir. Sie hat mich nicht einmal gefragt, ob sie mir vielleicht irgendwie helfen könne. Aber als sie mir in meinem Schmerz und in meinem Leid von ihrer schrecklichen Erkältung erzählt hat und wie fürchterlich sie sich fühle, da ist mir der Kragen geplatzt. „Marlies, tu mir einen Gefallen, und erzähle diesen Mist wem du willst, aber nicht mir", fordert ich sie auf.

Zehn Jahre hatte ich zugehört, Verständnis gezeigt und Mitleid empfunden, überdies sie auch vor meiner Familie in Schutz genommen, die für so ein egoistisches Weibsstück nichts übrig hatten. Aber was genug ist, ist genug!

Menschen wie Marlies saugen mich aus. Sie nehmen und nehmen, aber jetzt ist Schluss, ich habe keine Zeit und keine Kraft mehr für solche Schmarotzer und ich bedauere es nicht.

Aber es gibt andere Dinge, die mir leid tun!

Hans

Angelika ist mit Hans verheiratet. Die beiden haben zwei Kinder. Hans ist sehr klug. Deshalb berichtigt er jeden, der etwas Falsches sagt. Hans liest viel. Hans erklärt dir alles, was du nicht weißt, er erklärt dir aber auch alles, was du noch nie wissen wolltest. Er hat massenweise Bücher.

Wenn du irgend etwas wissen möchtest, dann kannst du Hans fragen. Vor drei Jahren rief mich Angelika an. Sie weinte. „Was ist los?" fragte ich sie. „Hans hat einen Tumor im Kopf!"

Man konnte den Tumor nicht operieren. Dafür hatte man ihm ein Loch in seinen Kopf gebohrt und darin radioaktive Stäbchen versenkt. Trotzdem Hans, man kann dich heute noch alles fragen. Dein Gedächtnis und deine Intelligenz haben nicht unter dieser Prozedur gelitten.

Kein Mensch kann dir dein Problem abnehmen, aber glaube mir Hans, ich denke oft an dich und wenn ich könnte, würde ich dir helfen, aber ich kann dir nicht helfen.

Hans, ich sitze in diesem Moment, drei Jahre nachdem ich von deiner Krankheit erfuhr, in meinem Stuhl, vor dem Computer und muss weinen. Vor lauter Kummer und Sorge um dich. Ich wünsche dir von Herzen, Kraft und Stärke um aus diesem Kampf als Sieger hervorzugehen.

Gerade muss ich an ein Kindheitserlebnis denken. Eines nachts wurde ich plötzlich wach und musste auf die Toilette. Es war dunkel im Zimmer. Ich setzte mich auf und suchte, indem ich mich mit den Händen vortastete, den Weg ins Badezimmer, fand ihn aber nicht. Um mich herum schien alles zugemauert. Egal wohin ich tastete, Mauern und nochmals Mauern. Ich bekam Angst und fing an nach Mutter oder Vater zu rufen. Erst als das Licht brannte, fand ich meinen Weg.

So ähnlich muss sich wohl Hans fühlen. Er tastet um sich und kann nicht raus aus seiner Haut. Hans, ich wünsche dir, dass irgendwer für dich das Licht anknipst.

Weißt du Michael, es gibt so viel, an dass ich denken muss. So viel, das ich bei dir noch loswerden sollte. Ein Problem besteht allerdings darin, dass es Dinge gibt, die andere nicht wissen sollten. Denn wir Menschen glauben ja unentwegt, dass wir immer perfekt, gut, absolut zuverlässig und unfehlbar sein müssen.

Dabei verlangte das kein Mensch. Außer vielleicht:

Frau Maurer

Entweder war ich in der zweiten oder in der dritten Klasse. Wir, das waren Elfriede, Inge und ich, gingen gemeinsam zur Schule und den Schulweg wieder nach Hause zurück.

Meine Eltern haben immer ihr Möglichstes für uns getan, aber im Grunde genommen waren wir keine wohlhabenden Leute. An einem Freitag gingen wir wie üblich nach Hause und Elfriede erzählte, dass sie übers Wochenende mit ihrer Familie in einen Freizeitpark gehen würde. Inge schloss sich an und unterbreitete uns, dass sie am Wochenende zu „ihrem Pferd" ginge, um zu reiten.

Nun war ich an der Reihe. Elfriede und Inge schauten mich an und fragten „und, was unternimmst du dieses Wochenende?" Es was grauenvoll, nun stand ich da, und mir viel nichts besseres ein, als zu sagen: „ich feiere Geburtstag und wenn ihr wollt, seid ihr eingeladen."

So blöd konnte nur ich sein. Etwas noch dümmeres hätte ich wohl nicht sagen können, jedoch muss man auch bedenken, dass für meine Geschwister und mich in dieser Zeit das schönste im Jahr unser Geburtstag war. Sehr viel weitere Höhepunkte gab es nicht. Auf jeden Fall sagten Elfriede und Inge freudig zu. Oh. Erde tu dich auf und verschlinge mich, dachte ich besorgt. Wir trennten uns und vereinbarten, uns am Nachmittag bei mir zu treffen.

Kurz vor dem vereinbarten Zeitpunkt saß ich noch mit meiner Mutter am Tisch. Ich hatte gerade meine Hausaufgaben erledigt, da fragte ich meine Mutter, ob sie heute Nachmittag wohl für mich und meine Schulkameradinnen einen Kakao bereiten könnte.

Noch in der gleichen Sekunde, in der mich meine Mutter sehr verwundert ansah, klingelte es an der Wohnungstür. Die beiden Mädchen waren sehr pünktlich. Sie standen mit ihren Geschenken freudestrahlend in der Tür und ich weiß nicht, wer sich mehr schämte, meine Mutter oder ich. Die Folge meiner Unehrlichkeit war, dass den beiden braven Mädchen von ihren Eltern der Umgang mit mir verboten wurde. Jedes Mal in all diesen Jahren, wenn ich Frau Maurer, die Mutter von Inge sah, riss diese alte Wunde wieder neu in mir auf.

Es war mir einfach ein Bedürfnis, dieser Frau, die damals kein Verständnis für meine „fürchterliche" Lüge zeigte, zu erklären, dass ich trotz dieser damals beinahe kriminellen Veranlagung, doch noch ein anständiger Mensch geworden bin. Beinahe zwanzig Jahre später, trafen wir uns einmal zufällig und ich sprach sie auf die Angelegenheit an. „Ja", sagte sie, „du warst damals ganz schön daneben". Unglaublich, einmal gelogen – und für immer gebrandmarkt. Es grenzt an ein Wunder, dass man mir kein Mal auf die Stirn gebrannt hatte. Ich erzählte ihr, wie sich die Sache zugetragen hatte. Es war mir ein Bedürfnis, nach dieser langen Zeit auch meine Bedenken darüber anzumelden, dass Inge ein Pferd besaß.

Frau Maurer gab mir keine direkte Antwort. Sie sagte nur „Du weißt ja, was unsere Inge für ein Pferdenarr war, und ab und zu war sie auch beim Reiten." Vom eigenen Pferd war keine Rede.

Wahrscheinlich war ich nur der schlechtere Lügner. Auf jeden Fall gebe ich mir seit diesem Vorfall mehr Mühe. Entweder versuche ich Fragen, die mir unangenehm sind, nicht zu beantworten, oder ich gebe Antworten, die nichts aussagen. Meine Lieblingsvariante aber ist, die Wahrheit mit so viel gewitztem Humor zu sagen, dass mir mein Gegenüber meine Ausführungen nicht glaubt.

Frau Maurer, wenn das Sprichwort „Lügen haben kurze Beine" stimmt, dann bin ich mit 1,60 Meter ein großer Lügner, es beruhigt mich nur, dass Inge auch nicht größer ist, vielleicht sogar noch kleiner?

Vielleicht bin ich nicht die einzige, die mit solch übler Vergangenheit auf dieser Erde wandelt, obwohl man dies doch manchmal glauben könnte. Ja, ich habe gelogen, ich habe gestohlen, ich habe die Katze am Schwanz gezogen. Ja, das einzige, das nicht stimmt ist, dass ich jemals eine Katze am Schwanz gezogen habe.

Birgit Rau

Wie im letzten Kapitel erwähnt, haben meine Eltern nicht viel Geld gehabt. Das soll keine Entschuldigung für das sein, was ich nachstehend über mich berichten werde. Aber jedem Angeklagten steht auch ein Verteidiger zu.

Im Nachbarhaus lebte ein Arbeitskollege meines Vaters mit seinen zwei Töchtern und seinem Sohn.

Wenn ich mich recht erinnere war ich damals etwa sieben oder acht Jahre alt. Mit den beiden Mädchen, die ein wenig älter waren als ich, habe ich mich sehr gut vertragen. Birgit, die ältere und Claudia, die jüngere Schwester, spielten mit uns im Hof und wir gingen auch gemeinsam ins Schwimmbad. Eines Tages wollte ich Birgit besuchen. Ich betrat ihre Wohnung und ihre Mutter erklärte mir, dass Birgit beim Einkaufen sei, aber bald wieder zurück sein werde. Sie forderte mich auf, mich an den Kindertisch zu setzen und zu warten.

Als ich so da saß, bemerkte ich einen prall gefüllten Kindergeldbeutel auf dem Tisch liegen. Der war so voll, dass er sich nicht mehr schließen ließ. Alles voll mit 10 und 50 Pfennig Münzen. Ich konnte diesen Reichtum einfach nicht verkraften. Wir hatten Hochsommer und genau gegenüber auf der anderen Straßenseite lag unsere Eisdiele.

So viel Geld, Birgit würde ein paar Pfennige davon bestimmt nicht vermissen. Ich nahm mir 20 Pfennig aus der Börse und brach schlagartig auf. „Frau Rau ich muss gehen, vielleicht komme ich später wieder!" rief ich ihr zu und weg war ich. Nichts wie rüber in die Eisdiele und dann mit den 20 Pfennig zwei riesengroße Eiskugeln. Ein tolles Gefühl!

Doch bereits als ich mit dem Eis über die Straße lief, überkam mich ein schlechtes Gewissen. Oh, mein Gott, was hatte ich getan. Das feine Eis schenkte ich meiner Schwester, ich wollte es jetzt nicht mehr haben.

Den ganzen Nachmittag saß ich mit Bauchkrämpfen auf der Toilette. Beim Abendessen stürzte ich vom Tisch weg und musste mich übergeben. Hatte nicht unsere Religionslehrerin von der Hölle erzählt. Ich war so gut wie dort. Ein Platz an diesem Ort war mir wohl sicher.

Meine Mutter kam ins Bad, setzte sich auf den Badewannenrand und fragte mich was denn los sei. Gestehe, du Verbrecher, habe ich mir gedacht. Das Einzige, das dir jetzt noch helfen kann, ist ein Geständnis und ich war so froh, meiner Mutter von meiner schlimmen Tat erzählen zu können. Wenn mich auch nur einer retten konnte aus der Hölle, dann meine Mutter. Natürlich war meine Mutter entsetzt. Da predigt man Tag für Tag, was gut und was schlecht ist – und dann so etwas!

Meine Mutter fand es aber gut, dass ich meine Schandtat gestanden hatte. Mutter ging in die Küche und kam mit 20 Pfennig zurück. „Die gibst du Morgen der Birgit und erzählst ihr alles, dann wird alles wieder gut", tröstete sie mich. Am nächsten Tag klingelte ich bei Birgit, um sie zum Schwimmbad abzuholen. Auf dem Weg dorthin kämpfte ich furchtbar mit mir und endlich fiel mir die Lösung für mein Problem ein. „Du Birgit, ich spendiere dir heute ein Eis", bot ich ihr an. „Du spinnst wohl, ich werde mir von dir ein Eis spendieren lassen, du hast doch sowieso kaum Geld. Ich habe selber genug Geld, ich will von dir kein Eis!", antwortete sie mir nur. (Mein Gott, warum hast du mich verlassen). Es folgte eine langwierige Diskussion um meinen Vorschlag. Doch Birgit blieb hart. Dann ging es nicht mehr anders, Ich musste raus mit der Sprache und ohne Rücksicht auf Verluste erzählte ich ihr haargenau, was ich angestellt hatte.

Birgit blieb gelassen. „Ach, du meine Güte, du hättest dir keine Sorgen machen müssen, ich habe den Verlust überhaupt nicht bemerkt", meinte sie locker. Den restlichen Weg kämpfte ich mit ihr, das Geld zurückzunehmen, aber sie wollte es nicht. Ich habe ihr die 20 Pfennig dann unbemerkt in ihre Geldbörse gesteckt. Um nichts in der Welt hätte ich dieses Geld behalten wollen. Später als ich in der Bibel von Judas las, der die dreißig Silberlinge auch nicht behalten wollte, konnte ich seine Haltung gut nachvollziehen.

Seltsamer Weise esse ich bis heute höchstens einmal im Jahr ein Eis. So tief können Kindheitserlebnisse sitzen. Für deine Güte und für dein Verständnis Birgit, würde ich mich heute gerne bedanken, aber das ist mir leider nicht mehr möglich.

Birgit wurde mit achtzehn 18 Jahren von einem Mann mit mehreren Messerstichen getötet. Sie war mit ihrer Schwester Claudia beim Tanzen. Die beiden gingen gegen Mitternacht nach Hause und weil sie zu zweit waren und sich sicher fühlten, wollten sie das Taxigeld sparen. Etwa 200 Meter vor der Haustür stürzte sich ein Mann von hinten auf Birgit und verletzte sie lebensgefährlich. Warum?

Die Beerdigung war grauenvoll. Ich weiß nicht mehr, warum ich das Leichenschauhaus betrat. Birgit lag da und es sah aus, als würde sie mich durch die leicht geöffneten Augen ansehen. So gütig und großzügig wie sie war, wird sie sicher ihrem Mörder auch vergeben. Aber ich glaube, ich werde ihrem Mörder nie verzeihen.

Es geschehen oft höchst merkwürdige, katastrophale Ereignisse, die unser Leben stark und nachhaltig beeinflussen können. So wie meine Erfahrung mit Birgit.

Walter

Er war der Cousin meiner Mutter. Wahrscheinlich war er der lustigste Mensch, den ich je
kennen gelernt habe, denn schlechte Laune
kannte er nicht. Als er Anfang oder Mitte dreißig war, wurde er zuckerkrank. Er musste sich
dreimal täglich Insulin spritzen. Trotzdem lebte
er gutgelaunt weiter. Er rief mich eines Tages
an, um mir freudig zu gestehen: „Mich hat es
erwischt, ich bin verliebt." Walter der ewige
Junggeselle, dass ich das noch erleben darf!
„Nun gut, Walter, erzähl mal, wie hast du diese
Traumfrau denn kennen gelernt?"

Walter begann zu erzählen, dass er Anja, so
hieß die verehrte Dame, von seiner Arbeit her
schon lange gekannt hatte, jedoch arbeiteten
die beiden nicht unmittelbar zusammen. Anja
wohnte auch im gleichen Mietshaus wie er ohne dass sich die beiden aber öfters gesehen
hatten. Nun geschah es, dass Anja mitten in
der Nacht bei Walter vor der Tür stand. Ihr
damaliger Lebensgefährte hatte sie bei Nacht
und Nebel aus der Wohnung geworfen. So bat
sie Walter um Asyl. (Spätestens jetzt läuteten
bei mir sämtliche Alarmglocken).

Aber ich sagte nichts und so erzählte er weiter,
dass sie nur so lange bleiben wollte, bis sie etwas anderes gefunden hätte, jetzt aber sei alles
verändert, denn er hätte sich in sie verliebt und
sie sich in ihn. Vielleicht bin ich manchmal etwas sehr hellhörig. Denn schon öfter habe ich

so eine Art Vorahnungen gehabt und jedes Mal hatte ich Recht damit.

Im Fall von Anja und Walter fragte ich mich, was einen normalen Mann dazu bewegen kann, seine Lebensgefährtin bei Nacht und Nebel vor die Tür zu werfen.

Im Normalfall, wenn eine Beziehung auseinander geht, beschließt man, sich zu trennen. Dann bespricht man, wer aus der gemeinsamen Wohnung auszieht und zuletzt wartet man, bis derjenige, der geht, eine andere Bleibe gefunden hat. Nur in den seltensten Fällen geschieht so etwas, wie es Anja passiert ist. Auf jeden Fall haben die beiden in relativ kurzer Zeit geheiratet. Zur Hochzeit bekam Anja von ihren Eltern DM 100.000 spendiert. Ein tolles Geschenk. Es war dazu bestimmt, den Bau eines eigenen Hauses teilweise zu finanzieren.

Aber zuerst kam die gemeinsame Tochter Nicole zur Welt. Für Walter hätte die Welt nicht glücklicher sein können. Dieses Kind war das größte Glück für ihn. Dann erst wollte er mit dem Nestbau beginnen. Das erste Problem war, dass Anja das viele Geld zum größten Teil bereits für teure Wolle, Kleidung, Möbel und Kosmetika ausgegeben hatte.

Bis heute ist es mir unbegreiflich, wie ein Mensch so viel Geld verbrauchen kann, ohne etwas Vernünftiges dafür zu bekommen. Auf jeden Fall begann Walter trotzdem mit dem Hausbau. Er musste selbstverständlich sehr viel selbst machen und war auch gezwungen, neben seiner Hauptarbeit noch zusätzlich Geld zu verdienen. So geschah es, dass er eines nachts spät nach Hause kam und seine liebe Frau mit einem anderen Mann im Bett lag.

Er hat ihr verziehen. Er tat es, für sein Kind, für sein Haus und für seine liebe Ehefrau, die sich wahrscheinlich sehr geschickt aus der Affäre gezogen hatte. Das zweite Mal jedoch war er nicht so tolerant. Er kam nach Hause, das Kind spielte im Kinderzimmer und die Mama spielte im Schlafzimmer. So ungefähr muss man sich das vorstellen. Den Liebhaber hat er rausgeworfen und seiner Frau zwei kräftige Ohrfeigen gegeben. Trennung, Besuchsrecht. Und was macht die liebe Anja? Sie zieht mit dem Kind nach Bremen!

Für Walter (der die größten finanziellen Probleme am Hals hatte, er suchte einen Käufer für das Haus, aber die Finanzierung musste in der Zwischenzeit trotzdem weitergehen) war es schlecht möglich, zweimal im Monat nach Bremen zu fahren. Von München nach Bremen, Kind sehen und dann zurück, an einem Tag nicht zu schaffen. Er bemühte sich sehr, das Sorgerecht für das Kind zu bekommen. Seine Mutter und sein Vater erklärten sich wenigstens bereit, das Kind zu versorgen, solange er in der Arbeit war. Aber der Mensch denkt und Gott lenkt. Seine Mutter, meine Tante Anni, starb innerhalb kurzer Zeit.

Für Walter, der immer ein Mama-Kind war, brach eine Welt zusammen. Zuerst hatte er sein Kind verloren und jetzt seine Mutter, die ihm in dieser schweren Zeit immer ein großer Trost war. Ich erhielt einen Anruf aus München. „Walter ist tot!" Man hatte ihn in seinem Wohnzimmer auf dem Sofa sitzend tot aufgefunden. Die Obduktion ergab, er war an seiner Diabetes gestorben. Ich glaube eher, er ist an seinen gebrochenen Herzen gestorben. Walter wurde 43 Jahre alt.

An der Beerdigung glaubte ich meinen Augen nicht zu trauen. Steht doch seine Exfrau vor dem offenen Grab und wirft ihm einen Blumenstrauß von einem halben Meter Durchmesser auf den Sarg.

Anja glaube mir, selbst wenn du alle Blumen und alles Geld dieser Welt auf ihn geworfen hättest, deine Schuld wäre nicht bezahlt.

Michael wollte wissen, ob ich darunter leide, dass Walter tot ist. Weißt du Michael, ich leide darunter, dass ich mich nicht um ihn gekümmert habe. Ich leide deshalb, weil ich denke, ich hätte seinen frühen Tod vielleicht verhindern können. Es ist mir unerträglich, dass ich nicht ein paar Tage vorher mit ihm telefoniert habe, denn dann könnte ich immerhin sagen „Ich war wenigstens ab und zu für ihn da."

Kann man noch einsamer sein als dieser Mann, der mit 43 Jahren drei oder vier Tage tot in seiner Wohnung auf dem Sofa sitzt, bevor man ihn entdeckt?

Michael erklärte mir, dass ich mich nicht um alles kümmern kann, was in der Welt schief geht. „Ich weiß, aber ich würde es gerne können", wünschte ich mir. Ich kann nicht mit dem Gedanken leben, dass ich vielleicht das eine oder andere Unheil in meiner Umgebung hätte verhindern können, wenn ich aufmerksamer gewesen wäre.

Walter, ich weiß, dass es zu spät ist, aber ich denke viel an dich.

Wenn du alt bist und stirbst, dann deshalb, weil alte Menschen ihr Leben gelebt haben, egal wie. Sterben aber junge Menschen, dann oft deshalb, weil sie nicht mehr leben wollten.

Wir müssen unser Leben lieben, wie es ist. Wegen der glücklichen und trotz all der schlechten und bösen Stunden. Aber sehr wichtig, glaube ich, ist die Art, wie wir sterben. Einen friedvollen Tod wünschen sich doch alle.

Schutzengel

Es gibt Menschen, die an Schutzengel glauben und auch ich gehöre zu diesen. Nur weiß ich, dass es einem Schutzengel nicht möglich ist, mir meine schwere Tasche zu tragen oder ähnliches.

Meiner Meinung nach kann der persönliche Schutzengel nur dann helfen, wenn die Menschen etwas mehr auf ihre Umgebung oder besser gesagt auf ihre „Eingebungen" achten würden.

Es gibt einige Ereignisse, die mich darauf gebracht haben, wie zum Beispiel folgendes:

Mein Mann wollte in einem Gartenbaumarkt noch nach irgendwelchen Gegenständen schauen. Wir hatten ungefähr 35 Grad im Schatten und ich zog es vor, nicht mit in das Geschäft zu gehen und blieb statt dessen lieber draußen vor dem Geschäft stehen. Von dort aus hatte ich freien Blick zum Kassenstand und konnte bei geöffneter Tür auch hören, was dort gesprochen wurde.

Nach zehn langen Minuten des Wartens kam eine ältere Frau zur Kasse. Neben ihr stand ein Mann, der sich auf einen Stock stützte und offensichtlich sehr schwankend auf den Beinen stand. Die Frau hievte zwei Auflagen auf den Kassentisch, die für Liegestühle bestimmt waren und bat die Kassiererin darum, die Auflagen so zusammenzubinden, dass sie diese gut tragen könne. Sie sei nämlich mit ihrem Mann zu Fuß da.

Es gab für mich nichts zu überlegen. Ich ging zur Kasse, trat auf die Dame zu und erklärte ihr, sie möge warten. Sobald ich meinen Mann gefunden hätte, würden wir sie nach Hause fahren. Mein Mann hat sich im Laufe der Jahre abgewöhnt, mich nach meinen Beweggründen für mein mitmenschliches Handeln zu fragen. Wir haben die beiden älteren Leute nach Hause gefahren und die Erleichterung in ihren Augen zu sehen, als wir sie vor ihrer Haustüre aussteigen ließen, war mir Dank genug.

Ein anderes Mal kamen wir vom Friedhof und irgend etwas Unerklärliches zwang mich, meinen Blick nach links zu richten. Dort ging eine ältere Dame und gerade als ich zu ihr hinsah, blieb sie stehen und schien stark durchzuatmen. Ich lief ihr nach, tippte ihr auf die Schulter und fragte, wo sie denn wohne. Als dies geklärt war, bat ich sie, bei uns einzusteigen und bot ihr an, sie nach Hause zu fahren. Nach einigen Metern Fahrt erzählte sie mir, sie hatte, einige Sekunden, bevor ich sie angesprochen habe, ihren Schutzengel gebeten, er möge ihr helfen, denn sie fühle sich dem langen Heimweg nicht gewachsen. Es wäre mir möglich, noch viele solche Begebenheiten zu erzählen und ich hoffe, dass ich in meinem Leben auch noch oft solche Situationen erleben werde.

Warum können nicht mehr Menschen auf ihre innere Stimme hören und versuchen, anderen Menschen zu helfen. Es gibt nichts Schöneres, als das Gefühl, heute jemandem geholfen zu haben.

Man muss nur die Augen aufmachen und darf sein Herz nicht verschließen, dann findet man zur Menschenliebe genug Gelegenheiten. Keiner sollte vergessen, dass wir alle zusammenhalten müssen, wenn wir uns eine bessere Welt wünschen.

Sonja

Mein ganzes Leben hatte ich niemals eine wahre Freundin. Denn wenn du zwei Schwestern hast, dann ist das „Freundin" genug.

Geheimnisse teilte ich mit meinen beiden Schwestern. Die ersten Verabredungen besprach ich mit ihnen. Meine erste große Liebe (leider war sie nicht groß genug um mich zu erinnern, oder doch?) teilte ich mit meinen Schwestern wie viele sonstige „Geheimnisse".

Sehr spät lernte ich Sonja kennen. Hoffentlich ist sie mir nicht böse, wenn ich nun schreibe, dass ich mich anfangs sehr von ihr geschmeichelt fühlte, da ich doch ihre Bewunderung für mich spürte.

Sonja ist die Nichte meines Brüller-Senior-Chefs. Sie machte eine Lehre zur Steuerfachgehilfin und ich mochte sie auf Anhieb gerne.

Vielleicht erinnert sich der eine oder andere Leser, dass ich nach dem Schlaganfall meines Vaters auf Malta war, damals war auch Sonja mit dabei.

Kurz vor Antritt dieser Urlaubsreise wurden die Grenzen zur ehemaligen deutschen demokratischen Republik geöffnet, und Herr Leise (so nenne ich ab sofort meinen Brüller-Senior-Chef) wollte, natürlich den Ex-DDR-lern zuliebe, drüben ein Büro eröffnen.

Es war klar, dass sich die Mitarbeiter des hiesigen Büros um die Beschäftigung im Osten förmlich schlugen. Klar war auch, dass ausgerechnet „meine Sonja" ausgewählt wurde „rüber zu machen."

Für mich war es eine harte Zeit, aber ich dachte, sobald das Büro aufgebaut sein wird, kommt Sonja bestimmt zurück.
Doch während der zwei Wochen auf Malta kam ich ihr auf die Spur. Irgend etwas stimmte da nicht. Es schien mir, als hätte sie Heimweh nach Freiberg (dort befand und befindet sich heute noch die Filiale des Steuerbüros von Herrn Leise).

Aber wie konnte sie nach einem Büro Heimweh haben? Bohrende Fragen meinerseits ergaben, es war ein Mann, der die Schuld daran trug. „Du liebe Zeit, auch noch ein Ossi, in den du dich verliebt hast" kommentierte ich zynisch ihre Affäre. Eigentlich hörte ich aus all dem heraus, dass sie höchstwahrscheinlich „drüben" bleiben würde. Meine kleine Welt brach zusammen. Bereits zu diesem Zeitpunkt wusste ich, „den Ossi, den wirst du nie und nimmer leiden können."

Als ich ihn dann zum ersten Mal sah, verstand ich Sonja immer noch nicht. Also, wenn da der Adonis gekommen wäre, oder vielleicht Richard Gere mit seinem Flügel aus Pretty Woman. Sonja stellte mir also „ihren Uwe" vor. Zugegeben, er war kein Sachse. Er sah nicht aus wie Rübezahl oder wie sonst ein Monster, aber nichts desto trotz, ich konnte Uwe nicht leiden. Er hat mir meine Sonja geklaut.

Sonja lebte und arbeitete ab jetzt in Freiberg in der Nähe von Dresden. Wir telefonierten ab und zu und ehrlich gesagt, ich befürchtete, wir würden uns aus den Augen verlieren. Aber meine Sonja war treu. Nach dem Tod meines Vaters war ich ziemlich am Ende und Sonja bot mir an, für eine Zeit lang zu ihr und Uwe zu kommen. Sie hatte wahrscheinlich nicht damit gerechnet, dass ich das Angebot tatsächlich annehmen würde. Aber ich nahm an.

Mit dem Zug fuhr ich nach Dresden und Sonja, Uwe und Nadine-Baby (sechs Monate alt) holten mich am Bahnsteig ab.
Das Baby hatte ich sofort einkassiert. Es machte mir große Sorgen, denn erstens war Nadine wahnsinnig dünn und zweitens war sie fürchterlich blass. Aber sie war so was von brav. Acht Tage verbrachte ich in Niederbobritzsch und ich bin heute noch davon überzeugt, nichts hätte mir damals mehr helfen können als dieser Besuch.

Sonja bekam in der Zeit als ich dort war, mehr Besuch, als ich in den vergangenen Jahren. So kam es, dass ich den ganzen Tag damit beschäftigt war, Geschirr zu spülen, Sonja beim Einkaufen und beim Kochen zu helfen und wieder zu spülen. Aber ich habe erfahren, bei so viel Arbeit vergisst man leichter seinen Kummer.

Bevor ich das nächste Mal zu Besuch kam, verkündete Sonja überglücklich, „Keine Angst, wir haben jetzt eine Spülmaschine." Danke Sonja. Natürlich hatte ich in dieser Zeit auch Gelegenheit, den Uwe näher kennen zu lernen. Gerne hätte ich irgend etwas gefunden, um meckern zu können, aber Uwe ist beinahe fehlerlos. Auf jeden Fall fand ich nichts an ihm auszusetzen, außer natürlich, dass er mir meine Sonja weggenommen hat.

Sonja hatte mir eine Matratze auf dem Fußboden im Büro als Schlafplatz gerichtet. Nachdem ich zwei Nächte vor lauter Blutandrang im Kopf nicht schlafen konnte, stellten wir fest, dass der Boden schief und krumm war.

Womit wir beim Haus der beiden angelangt wären. Der Name des Hauses „ist Halunkenburg" und so sieht es auch aus. Ich war total schockiert, mitten in der Pampa steht das Haus von Rocky-Doky, und darin wohnt meine Freundin Sonja mit einem Ossi. Inzwischen war ich bereits dreimal dort. Das Haus wurde innen und außen renoviert und umgebaut und nun leben die beiden im puren Luxus. Es ist natürlich nicht einfach, den Ansprüchen meiner Sonja zu genügen. Sie will nur das Beste und das bekommt sie auch, wie den Uwe.
Wenn ich bei Sonja bin, kochen wir immer feine Sachen, setzen uns gemütlich an den Tisch, und dann belauern wir uns gegenseitig. Isst sie gut, dann esse ich auch gut, isst sie wenig, esse ich auch wenig. Ich glaube, wenn wir das ganze Jahr zusammen wären, würden wir beide

fett. Ein großes Problem für Sonja ist es, wenn sie ans heiraten denkt. Denn es gibt da ein paar familiäre Probleme, die ihr zu schaffen machen.

Sonja, bitte denke nach. Diese Probleme sind nicht deine, sondern die deiner Familie, und es kann dir egal sein, was die daraus machen. Wenn es dich glücklich macht, Uwe zu heiraten, dann tu es! Mach nicht den gleichen Fehler wie ich, denn „allen Leuten recht getan, ist eine Kunst die niemand kann."

Ein ganzes Leben Michael, bemühe ich mich, ein guter Mensch zu sein. Es ist aber nicht nötig, dass man sich selbst aufgibt und immer nur versucht, die Bedürfnisse der anderen Menschen zu befriedigen. Wenn alle Menschen dieses Ziel hätten, die übrigen glücklich zu machen, dann wäre es in Ordnung, aber wenn es immer nur die gleichen sind, dann stinkt es doch zum Himmel.

Ehrlicher und fairer ist es nämlich, auch einmal nein zu sagen, und auch von den anderen einmal etwas zu verlangen. Nicht nur geben, sondern auch nehmen.

Sonja, ich danke dir und deinem Uwe für eine wunderschöne Freundschaft, auch wenn diese ein paar hundert Kilometer überwinden muss. Und bitte küsse mein Baby.

Spielshow

Die letzten zwei Tage war ich nicht da. Ich war in Berlin. Mit elf anderen Leuten. Wir wurden zu einer Spielshow eingeladen. Am Morgen der Aufzeichnung wurden wir ins Studio gebracht und dort überließ man uns bis auf eine Stunde unserem Schicksal. Mein Schicksal bestand darin, die Bekanntschaft zu machen mit zehn Supermenschen, die mir alle auf Anhieb sympathisch waren.

Das Spielkonzept ist schnell erklärt. Die Spieler bekommen in der ersten Runde Fragen gestellt und diese sollten sie beantworten. Jeder Spieler darf zwei Fehler machen, sonst scheidet er aus. Der zweite Teil des Spieles bestand darin, sich gegenseitig auszuschalten, um mit zwei verbleibenden Spielern ins Finale zu kommen. Ich hatte es eigentlich nicht verdient, ins Finale zu kommen, sondern vielmehr der grenzenlosen Güte meiner Mitspieler zu verdanken, dass ich dieses Ziel erreichte. Sie haben mich geschont. An dieser Stelle möchte ich mich bei Achim, Silke, Eva, Ingo, Matthias, Erika, Robert, Frank, Otto-Josef, Karl-Georg und Daniel dafür bedanken.

Das Schlimmste in Berlin war, dass ich mich aufgeführt habe wie ein Trottel. Ich konnte es nicht verhindern, dass ich vor lauter Aufregung beinahe ohnmächtig wurde. Meine Hände zitterten und an dieser Stelle möchte ich mich bei dem Regieassistenten Klaus bedanken, der in jeder Pause neben mir stand und meine Hand hielt. Ebenso bedanke ich mich beim ganzen Aufnahmeteam, die rührend um mich besorgt waren. Die lange Bahnfahrt nach Berlin und wieder zurück hat mir gesundheitlich sehr zu schaffen gemacht, deshalb musste ich zu einem:

Orthopäden

Seit elf Jahren habe ich wegen meines Rückenproblems mit Orthopäden zu tun. Jetzt endlich bin ich darauf gekommen, wie ein Mann dazu kommt, Orthopäde zu werden. Das kommt so:

Ein kleiner Junge ist technisch begabt und wünscht sich später einmal einen technischen Beruf auszuüben, will beispielsweise Rohrleger werden. Aber Mama und Papa sind damit nicht einverstanden „Liebling, jetzt gehst du erst mal aufs Gymnasium und dann sehen wir weiter", belehren sie ihn.

Die Zeit vergeht und der inzwischen größere Junge kümmert sich um jeden verstopften Abfluss, sägt mit Vorliebe alte Rohre entzwei und wünscht sich immer noch sehnlichst, Heizungsmonteur werden zu können. Doch die Eltern beharren darauf: „Jetzt kommt erst das Abitur und dann schauen wir mal." Das Abitur in der Tasche steht der junge Mann in jeder freien Minute an irgendeiner Neubaustelle und schaut den Sanitärinstallateuren beim Rohrebiegen zu, dann werden seine Augen feucht und er denkt, einmal auch Rohre biegen, zu sägen und zu löten.

Jetzt allerdings setzen sich die Eltern zu ihm. Die Mutter blickt ganz weinerlich, aber vollkommen von Stolz ergriffen. „Mein Sohn", sagt der Vater mit besänftigender Stimme, „Wenn du erst einmal dein Medizinstudium in der Tasche hast, dann können wir noch mal über alles reden." Der Mann studiert schließlich doch Medizin und im Laufe dieses Studiums erkennt er die große Misere.

Als Arzt kann ich viel mehr Geld verdienen, denkt er sich, aber eigentlich ist die Klempnerei mein Herzenswunsch. Er sucht verzweifelt nach einer Alternative und dann plötzlich, schlagartig kommt die Erleuchtung darüber, wie er beides haben kann, nämlich durch:

Die Orthopädie

Jetzt eröffnet er nicht zuletzt mit Hilfe seiner inzwischen alt gewordenen Eltern oder mit Hilfe der finanziellen Mittel seiner Lebensgefährtin eine eigene Praxis.

Dann kommen die ersten Patienten und er ist glücklich, denn jetzt kann er biegen, er kann unter Anwendung roher Gewalt (er allerdings nennt es Chiropraktik) an den empfindsamen Wirbelsäulen und Gelenken seiner ihm ausgelieferten Patienten herumquetschen. Ein großes Problem allerdings ist dabei, dass er zu vergessen scheint, es handelt sich nicht um Stahlrohre, Aluteile und auch nicht um irgendwelche anderen Metallteile, sondern es handelt sich um das wahrscheinlich empfindsamste Wesen auf unsere Erde, um den Menschen.

Er sieht auch nicht dieses Wesen als Ganzes, er sieht nur Teile davon. Denn als Rohrschlosser und dieser steckt immer noch hinter seinem vorderen Hirnlappen, kümmert er sich auch nicht um das gesamte Haus, sondern lediglich um den Wasserrohrbruch im Keller, um verstopfte Rohre in der Toilette oder um einen tropfenden Wasserhahn im Bad.

Einen dieser Orthopäden praktiziert in der Großstadt jenseits meines Heimatflusses, und ich wurde nicht davon verschont, diesen aufsuchen zu müssen. Bereits beim Betreten der Praxis und nach dem ersten Blickkontakt bemerkte ich an seinem Erscheinungsbild gewisse Ähnlichkeiten mit den psychisch Kranken, mit denen ich in meiner Zeit beim Diakonischen Werk viel Kontakt hatte. Seit elf Jahren kämpfe ich darum, mich einigermaßen bewegen zu können. Dann sieht dieser Typ von Orthopäde auf meine Röntgenaufnahme und erklärt mir zu meiner vollkommenen Überraschung: „Oh je, ihre Wirbelsäule ist in einem katastrophalen Zustand, da werden sie ihr gesamtes Leben daran arbeiten müssen."

Wer hätte das gedacht. Als ich ihm erläutern will, dass ich nicht deswegen bei ihm bin, sondern aus einem anderen Grund, fällt er mir heftig ins Wort „Seien Sie still, und reden Sie mir nicht ständig dazwischen!"

Ein Psychopath, dieser Mann gehört in die geschlossene Abteilung der Psychiatrie. Natürlich darf ich hier an dieser Stelle nicht seinen Namen nennen um andere eventuelle Opfer zu warnen, aber eines darf ich sagen: ich glaube dass Goethe den Namen dieses Mannes als Vorlage genommen hat, als Gretchen in Faust gesagt hat: „... mir graut vor dir."

Michael, viele Ärzte behandeln ihre Patienten, als wären diese entmündigt. Sie hören nicht zu und zum großen Teil haben sie sich ihre Diagnose bereits nach den ersten fünf Minuten der Begrüßung gestellt. Sie schweben in höheren Sphären und die meisten nehmen ihre Patienten nicht ernst. Es gibt allerdings, wenigstens in meiner Umgebung, ein paar Ausnahmen. Bei denen möchte ich mich hier an dieser Stelle bedanken, so bei Prof. Dr. Hetzel, Dr. Fricke, sowie Dr. Chadid und nicht zuletzt bei Martin Ernst.

Michael fragte mich, ob ich bemerkt habe, dass ich gerade eben richtig von Herzen gelacht hätte. Tatsächlich in diesem Zusammenhang fällt mir noch etwas ein, Michael, nämlich:

Schönheit

Ich war ein hässliches, dünnes Mädchen. Aber zum Glück verändern sich kleine, hässliche Mädchen früher oder später und so wurde ich eine nicht mehr ganz so hässliche, dünne Frau. Es war jedoch ein Glück, dass ich immer liebe Menschen um mich hatte, die mich wegen meiner Minderwertigkeitskomplexe stets unterstützten. Zum Beispiel Vroni. Sie war während der siebten und achten Klasse meine „Freundin". Vroni sagte immer zu mir „weißt du, wenn du nicht diese hässlichen breiten Hüften und diese schrecklich große Nase hättest, dann würden deine dünnen Beine nicht mehr so sehr auffallen." Danke Vroni! Dann wieder geschah Folgendes. Ich war beim Tanzen. Mit meinem exzellenten Tanzpartner legte ich einen Tango aufs Parkett, ganz toll. Dann sagte er völlig unvermittelt „du hast je einen Silberblick, bezaubernd." Danke auch dir Ebbo! Als ich neunzehn Jahre alt war, lernte ich einen netten jungen Mann kennen. Wir trafen uns ein paar mal in der Disco und eines Tages wollten wir uns zum ersten Mal tagsüber treffen. Er holte mich vor der Haustüre ab, sah mich an und plötzlich hörte ich ein total entsetztes „du hast ja Sommersprossen." Danke Lothar, oder wie immer dein Name war. Meine Mutter nörgelt heute noch an meinen schlampigen Haaren herum. Egal, wo und wie viel Leute um uns herumstehen „Oh Gott, was sind deine Haare heute wieder scheußlich", faucht sie mich dann entsetzt an. Danke Mutter. Zu meinem dreißigsten Geburtstag las ich auf nüchternen Magen folgende Anzeige in der hiesigen Tageszeitung: Wenig Muskeln, dünne Beine, Leute wisst ihr, wen ich meine? Und dann folgten mein Vor- und Zuname sowie noch für die total Blöden mein Wohnort. Danke meine lieben Schwestern.

Leben

An dem Tag, an dem wir geboren werden, verbindet jeden Menschen etwas mit dem anderen, wir bekommen eine Chance. Die Chance ein gutes und sinnvolles Leben zu führen. Aber was tun wir? Wir vergeuden unsere Zeit oft mit Dingen, die absolut nichtsnutzig und unsinnig sind. Wir regen uns zum Beispiel darüber auf, dass die Nachbarn schon wieder vergessen haben, die Kehrwoche zu machen oder dass der Müller von nebenan trotz Arbeitslosigkeit ein neues Auto kaufen konnte. Dabei gehen wir an der Schönheit der Natur vorbei, ohne sie zu bemerken und wenn uns im Vorbeigehen ein uns unbekannter Mensch freundlich anlächelt, werden wir sofort misstrauisch.

Im Augenblick kenne ich so gut wie keine Menschen, die nicht krank sind. Warum wohl? Wahrscheinlich deshalb, weil uns irgendwer sagen möchte „wach auf und lebe". Hab' Freude an den kleinen Dingen und hör auf, ständig nur das Negative zu sehen. Versuche mit deinen Mitmenschen in Frieden zu leben und gebe dir Mühe, die kleinen Fehler deiner Mitmenschen zu ignorieren, denn dann werden deine Fehler vielleicht auch übersehen. Als ich am nächsten Tag zu unserer Bank kam, wartete ich vergebens. Michael kam nicht. Irgendwie war mir klar, dass ich Michael nicht mehr sehen werde.

Als ich zu Hause das Kalenderblatt des Tages abriss, las ich völlig erstaunt folgenden Vers:

Oft erleiden wir Schiffbruch ohne unterzugehen,
Oft stürzen wir von Klippen ohne zu zerschellen,
Oft öffnet sich die Erde ohne uns zu verschlingen,
Oft fängt uns der Engel auf ohne dass wir danken.
(Gisela Solms-Wildenfels)

Danke Michael! – Ich bin sicher, dass wir uns wiedersehen werden – im ewigen Licht der Unendlichkeit!